친애하는 청춘에게

친애하는 청춘에게

김욱 지음

서툴지만 아름다운 청년들에게 응원과 격려의 메시지를 전한다

비전코리아

청춘,

그대는 무엇이 두려운가

내 나이 올해 여든다섯 살. 한국 남성 평균수명이 일흔여덟이라고 하니 나는 예전에 죽었어도 후회스러울 것도, 가슴을 치며 억울할 것도 없다. 나는 벌써 칠 년 전부터 이 땅에서 살아가는 남성들 평균치보다 더 많은 생을 개척해나가고 있기 때문이다.

　　1921년 노벨문학상 수상자 아나톨 프랑스는 "내가 만약 신이었다면 청춘을 인생의 끝자락에 놓아두었을 것"이라고 말했다. 아나톨 프랑스의 소원이 이루어졌더라면 나의 오늘은 청춘이어야 한다. 젊음이어야 한다.

그런데 현실의 나는 청춘과는 거리가 먼 늙음의 뒷자락에 오래된 방석처럼 깔려 있어 답답하고 외롭고 허망하다. 실체가 있는 모든 것으로부터 자유롭지 못한 채 하루를 살아간다. 그 옛날 육십 년 전과 다름없이 내 삶의 주인은 내가 아니다. 나는 여전히 돈으로부터 자유롭지 못하고, 사람들과 부딪히며, 살과 피를 나눠 가진 가족들로부터 이해받지 못한다. 딱 하나 달라진 게 있다면 사소한 일로 상처를 주고받으며 떠나갔던 친구들이 이제는 정말 돌아올 수 없는 죽음의 강 너머로 사라져 가고 있다는 점이다. 1930년대와 2010년대를 모두 경험한 나에게 그 시절과 오늘의 차이가 무어냐고 묻는다면 지금부터의 헤어짐은 다시 만날 기약이 영원토록 없다는 것이다. 미안하다는 말, 사랑한다는 말, 고맙다는 말을 미뤄뒀다간 그의 죽음 앞에서 묵도하는 수밖에 없다. 그 침묵이 내가 살아온 기나긴 세월을 잠식해버리는 공포를 끝없이 경험해야 한다.

젊은 사람들 위한답시고 어쭙잖은 위로를 남발하는 책은 수없이 많다. 굳이 나까지 그럴 필요가 있을까……. 왜냐하면 그런 건 다 공치사이기 때문이다.

내 스무 살의 기억은 매캐한 화약 냄새와 몸에서 떨어져 나간

팔다리와, 부모와 자식의 시체를 어루만지며 길바닥에 나앉은 사람들로 가득하다. 한국전쟁이 터졌을 때는 내 나이 고작 만 스물로, 국문학과에서 소설가를 꿈꾸던 대학교 2학년생이었다.

그러던 어느 날, 독문학을 전공하던 단짝 친구 집에서 새벽까지 술을 마셔 만취한 상태로 있다가 해가 중천에 떠서야 정신을 차려 집으로 돌아오는 길에 인민군에게 붙들렸다. 그때까지 전쟁이 난 줄도 몰랐다. 내 관심사는 온통 문예지에 투고한 내 단편소설이 1차 심사를 통과해 2차로 김동리 선생 책상 위에 올라갔다는 것, 여기서 선생께 인정받기만 하면 나도 어엿한 소설가가 된다는 부푼 꿈이 세상 전부였다.

그야말로 청춘이었다. 하고 싶은 일도, 할 수 있는 일도 이미 다 내 것이었다. 나는 소설가가 되는 것이 당연했다. 사람들에게 인정받고 책이 잘 팔려 유명해지고, 대학교에서 아이들을 가르치게 될 것이라고 믿어 의심치 않았다. 나중에 신상옥 감독의 아내가 된 최은희 같은 여배우를 '작가와 여주인공'으로 만나 운명적인 사랑을 나누게 되리라 밤마다 꿈꿔보기도 했다.

그날 밤에도 우리는 친구 어머님이 직접 담그신 막걸리를 병째 들이키며 해방된 조국의 젊은 대학생으로서 각자의 분야를 개척해나가자고, 언젠가는 일본이나 미국, 소련보다 더 부강하고 문화적으로 더 위대한 그런 나라를 만들어보자고 호기롭게 외쳤다.

그리고 다음날 점심 무렵 나는 서대문사거리에서 인민군에게 체포되어 의용군이 되었고, 그날 저녁 북한으로 끌려갔다. 내 바지 뒷주머니에는 톨스토이가 쓴 《인생이란 무엇인가》가 꽂혀 있었다. 그걸 본 인민군 장교는 내 사상을 뜯어고치겠다며 밤마다 레닌의 《무엇을 할 것인가》를 읽게 했다. 하늘에서는 미군 전투기가 조명탄과 폭탄을 떨어뜨렸고, 그 불빛에 의지해 나는 두 달 넘게 산 속에서 자아비판을 해야 하는 주인공이 되었다.

그 현실이 너무나 답답했다. 그렇지만 스스로 해결할 수 있는 길은 어디에도 없었다. 몸부림치고, 계획하고, 실천해본들 달라질 게 없어 보였다.

이대로 끌려갔다간 두 번 다시 집으로 돌아올 수 없다. 소설가의 꿈도 끝이다. 도망쳐야 될까? 물론 도망쳐야 한다. 하지만 잡히는 날엔 총살이다. 그렇다면 세상이 나를 구해줄 것인가? 이승만 대통령과 트루먼 대통령의 정치적 수완에, 미군의 전투력에 내삶의 구원을 기대해도 될 것인가? 그들이 과연 나를 위해 무엇인가를 해줄 수 있을까?

결국 나는 야음을 틈타 도망쳤고, 나랑 같이 서울에서 붙잡혔던 어느 대학생 친구는 내가 도망친다고 인민군을 깨우면서 맨 먼저 내게 총을 쏘아댔다.

　혼자 서울까지 내려왔다. 중간에 미군을 만났고, 이번에는 국군에 징집되었다. 전쟁이었다. 사회적으로 어떤 해법이 마련될 수 있는 시기가 아니었다. 그런 상황은 요즘도 똑같다. 사회는 절대로 일반 개인을 취급해주지 않는다. 그래서 청춘이 듣고 싶은 말은 육십 년 전이나 지금이나 똑같을 수밖에 없다.

　"너희들 잘못이 아니야."

　그래, 내 잘못은 아니다. 난 열심히 살았고 열심히 공부했다. 그래서 대학 진학은 고사하고 동네에 한글도 모르는 까막눈이 '천지삐까리'였던 1949년에 국문학도가 되어 집안의 자랑이 되었다. 하지만 거기까지였다. 전쟁이 터졌고, 분단이 되었고, 혁명이 일어났고, 군부독재가 시작되었고, 산업화가 이루어졌다. 부모님을 모셔야 했고, 사랑하는 여자를 만났고, 아이가 태어났다. 그 모든 순간에 나는 직장인이었을 뿐이다. 수많은 월급쟁이 중의 하나에 불과했다.

　지금은 김동리 선생이 읽었던 내 단편소설이 어떤 내용이었는지 기억도 나지 않는다. 그 시절 내 모든 것이었는데 육십 년의 세월이 그 위에 켜켜이 쌓여가면서 이제는 생각도 나지 않게 되었다. 그게 인생이다.

새삼 돌이켜보면 나는 잘 안 된 것 같다. 잘 될 줄 알았는데 잘 안 되었다. 누군가에게 "너희 잘못이 아니다"라는 말이 듣고 싶었다. 그래서일까? 나 같은 어른들이 젊은 사람들을 위로해준답시고 "너희 잘못이 아니야"라고 말해준다.

하지만 그런 말을 듣는다고 뭐가 달라질까? 너희 잘못이 아니지만 그 책임은 결국 너희가 져야 한다. 또한 그에 대한 좌절과 실망, 분노마저 고스란히 너희 몫으로 챙겨줄 것이다. 육십 년 전의 내게 그랬듯이 오늘의 너희에게도 똑같이…….

세상은 정신없이 빠르게 흘러가고 있지만 내가 끼어들 만한 틈이 없다. 모두들 지금은 아파야 할 때라면서 그냥 버티거나 이겨내라고 말한다. 왜냐, 우리도 지금 죽게 생겼으니까. 여든이 넘어서도 돈을 벌지 못하면 안 되는 남자에게 세상은 굶어죽으라는 소리밖에 안 해주니까 우리는 서로 싸울 수밖에 없다. 그리고 승자는 언제나 기성세대다.

젊은 나이에 세상을 바꿀 수 있을까? 힘들다고 마냥 주저앉아 때를 기다리기에는 젊음이 너무 짧다. 먹고 살아야 하고, 그러려면 직장을 구해야 한다. 좋은 일자리는 드물고 학자금 이자는 다달이 쌓여간다. 대단한 걸 하겠다는 것도 아니고, 그저 일할 수 있는 직장이 필요할 뿐인데 정말 구하기가 어렵다.

그래서 멘토를 찾고 '힐링'을 입에 올린다. 좋은 말이긴 한데 내 경험상 그런 건 아무 짝에도 쓸모가 없다. 왜냐하면 "그래, 너희 잘못이 아니야" 그 다음이 없기 때문이다. 그 누구도 내 인생을 위해 자기 인생을 희생하거나 나를 대신해 문제를 해결해주지 않는다. 지구상에 칠십억 명의 인류가 생존해도 체감되는 존재는 나 하나뿐이다. 더불어 사는 세상 같은 건 없다. 어떻게든 살려고 발버둥치는 사람들과 함께할 뿐이다.

세상을 어떻게 살아가야 하는지에 대한 지혜도 없다. 젊은이가 제아무리 분노해도 선거 결과는 바뀌지 않으며, 천 년을 고수해온 당쟁은 사라지지 않는다. 그렇다고 정치를 바꾸겠다며 이제 와서 혁명을 할 것인가.

사회적 증오는 청춘의 무력감에서 비롯된다. 도대체 왜 무력해졌을까? 이유는 없다. 갓난아기가 때가 되면 말하고 걸음마하듯, 십대에 열병처럼 사춘기가 오듯, 청춘은 무기력한 시기다. 내가 경험한 바로는 출구가 하나다. 정면으로 부딪히는 것. 맞서 싸우는 것. 죽기를 각오하는 것.

나는 성격이 돼먹지 않아서 앞으로 잘 될 것이라고, 좋은 일이 있을 것이라고, 참다 보면 맑은 날이 올 것이라고 입술에 침도 안 바르고 거짓말하지는 못하겠다. 그토록 참고, 노력하고, 기다려왔지만 내 인생이 그야말로 막장이었기 때문이다. 일제강점기에 태어나 이십대에 한국전쟁을 겪고, 삼십대에 혁명을 겪고, 사십대에 군부독재 밑에서 숨도 못 쉬고, 오십대엔 산업화에 밀려 경쟁에서 낙오되고, 육십대에는 IMF로 평생 일해서 모은 재산을 통째로 날리고, 칠십대에는 쪽방 고시원에도 들어갈 처지가 못 되어 시골 묘지기로 남의 문중 제사나 지내주면서 방 한 칸을 빌려 목숨을 연명했다.

그리고 팔십대에는 작가가 되어 이렇게 글을 쓰고 있다. 내 이름으로 책을 내고 있다(그동안 이백 권이 넘는 일서를 번역했다).

현실에서 위로를 찾아서는 아무것도 달라지지 않는다. 세상에서 지혜를 구해봐야 나의 오늘은 달라지는 게 없다. 위로 받고 싶다는 심정은 이해하지만 누군가의 위로로 오늘 하루가 조금 나아졌다면 당신의 짧은 두 다리는 변화 앞에서 아장거리는 게 고작이다.

"도마뱀의 짧은 다리가 날개 돋친 도마뱀을 태어나게 한다."

— 최승호, 〈인식의 힘〉 중에서

"절망한 자는 대담해지는 법이다"라는 니체의 경구가 부제로 붙은 시이다. 도마뱀에겐 짧은 다리가 한계이고 절망이지만, 그것을 인식한 순간부터 새로운 도약과 출발을 경험하게 된다.

나의 두 발이 힘을 못 쓰는 까닭은 나의 겨드랑이에서 깃털이 자라나고 있기 때문임을 최근에야 깨달았다. 이 깃털이 자라나 하늘을 날게 되기까지 나에겐 팔십오 년의 시간이 필요했다. 내가 이 책을 쓰는 이유다. 스무 살의 청춘을 네 번이나 겪었고, 이제 막 다섯 번째 스무 살, 어쩌면 생의 마지막이 될지도 모를 스무 살을 오 년째 시험당하고 있는 자의 고백이니 한 번쯤 들어봐도 좋을 듯싶다.

Contents

part 1

친애하는 청춘에게

가만히 앉아서
때를
잃지 마라

겨울은 대학입시의 계절이다. 언제부턴가 11월 수능이 겨울의 시작을 알리는 연례행사가 되었다. 12월에 수능 점수가 발표되면 전국 1등부터 꼴찌까지 순위대로 나열된다. 그리고 몇몇은 열아홉 꽃 같은 나이에 목숨을 끊는다. 받아든 성적표가 마음에 안 들어 인생을 포기하는 것이다. 프린터로 인쇄된 숫자 몇 개와 목숨을 바꾸는 셈이다.

우리 옆집 아이도 올해 고3이다. 수능은 안 봤다고 한다. 처음 봤을 때 덩치는 산만하고 생김은 산적 같아서 이십대 중반쯤으로 보여 결혼했느냐고 물었다가 아직 고등학생이라는 대답을 듣고 기가 막혀 했던 적이 있다. 요샌 하도 잘 먹어서 초등학교 고학년부터는 성조숙증 검사가 필수라는 말을 듣기는 했지만, 고3 나이에 아이 둘 가진 애아버지 분위기를 풍기는 그 녀석과 엘리베이터에서 단둘이 마주칠 때면 지금도 익숙해지지가 않아 깜짝깜짝 놀라는 것은 어쩔 도리가 없다.

올해 수능이 있던 날 녀석은 학교에 가지 않았다. 아버지 없이 마트에서 일하는 홀어머니와 단둘이 사는데 여간 골초가 아니다. 복도가 연기로 자욱해진 것을 보고 주민들이 놀라 화재신고를 할 때까지 어둔 밤, 홀로 담뱃불을 의지한다. 그러고는 집에 들어가기 전에 우리 집 대문 앞에 반드시 가래침을 뱉어놓는다. 아내한테 걸려 혼나도 습관적으로 침을 뱉는다. 어린 뱃속이 독한 타르를 배겨내지 못하고 가래를 밀어 올리는 모양이다. 그걸 입에 머금고 집에 들어가자니 찝찝함을 못 참겠는지 에라 모르겠다, 보는 사람도 없는데 그냥 뱉자, 한 것이 하필 우리 집 대문 앞이었을 것이다.

언제부터 담배를 물었냐고 물어봤다. 고등학교에 입학하면서부터였다고 한다. 고1이면 열일곱 나이다. 나는 열다섯에 담배를 입에 물었으니 내가 녀석보다 일찍 되바라진 셈이다.

술도 좀 하느냐고 물으니까 씩 웃으면서 한다는 말이 없어서 못 먹는단다. 술맛은 아느냐는 질문에 그저 사는 게 힘들어서 한 번씩 마셔줘야 버틸 수 있다는 명답이 돌아왔다. 그 어린 나이에 뭐가 그리 힘들어서 술, 담배를 찾을까 궁금했다. 한편으로는 나 야말로 왜 열다섯 어린 나이에 담배를 배웠던가, 새삼 궁금해져 까마득하게 잊고 지냈던 세월 뒤편을 뒤적거렸다.

내가 처음 담배를 배운 것은 중학교 2학년에 올라가기 직전의 춘삼월이었다. 학교에 가봐야 수업은 없고 허구한 날 야산에서 땔감이나 줍든가, 보국대라고 해서 오전 수업을 대충 마치고 군수 공장에 끌려가 저녁까지 땜질이나 해야 했던 시절이다. 오전 수업 도 일본군가나 배우고, 미국과의 전쟁에서 이길 날이 머지않았다 는 정치선동이 전부였다. 그게 지긋지긋해서 군가집 뒤에 소설책 을 끼우고 신나게 읽다가 담임선생에게 걸렸다. 담임선생은 개 패 듯이 두들겨 팼다. 그 시절엔 선생이라는 작자가 허리에 칼을 차 고 다녔다. 아침마다 일장기 앞에서 '천황폐하 만세'를 외치던 우 리 담임선생은 알고 보니 조선 사람이었다.

지금으로부터 칠십 년 전의 내겐 꿈도 미래도 보이지 않았다. 중학교를 졸업하고 고등학교에 올라가면 학도병이 되어 만주로 끌려가는 일만 남았다. 시한부 인생을 선고받은 환자처럼 무의미한 하루하루를 불안하게 보냈다. 하고 싶은 일을 찾기 전에 할 수 있는 일 자체가 없었다. 아침이 되고 저녁이 오고, 밤이 끝나면 이윽고 새벽이 밝았다. 사라져가는 시간들이 야속해서 견딜 수 없이 화가 치밀었다.

처음 맛본 담배는 독약이었다. 천식에라도 걸린 듯이 기침이 쉴 새 없이 터졌다. 속이 울렁거리고 눈물이 났다. 입안이 구수해지고 속이 뚫린다는 형들 말에 속아 한 모금 삼켰다가 탈이 난 것이다. 하지만 현실은 담배맛보다 훨씬 매웠다. 담배 연기보다 더욱 뿌옇게 눈앞을 가렸다. 하루를 살아갔다는 게 다행처럼 여겨졌던 그날에 비하면 담배의 매캐하면서 울렁거리는 뒷맛은 차라리 달콤하게 느껴졌다. 나는 그렇게 담배를 배웠다.

요즘은 담뱃값이 많이 올랐다고 해도 편의점에 가면 얼마든지 구할 수 있는 게 담배다. 우리 옆집 녀석은 말보로를 애용한다. 국산 담배는 멋이 없단다. 내가 어렸을 때만 해도 담배 한 대를 피우려면 영어사전 한 쪽을 깡그리 외워야 했다. 워낙 종이가 귀했던 시절이라 담뱃잎보다 담배를 말아 피울 종이를 구하기가 더 힘들었다.

신문지는 인쇄할 때 잉크에 석유를 타기 때문에 석유 냄새가 심했다. 담배를 피우는 게 아니라 석유를 입에 물고 불을 붙이는 느낌이었다. 내가 찾은 최고의 재료는 영어사전이었다. 얇기도 적당하고 길이도 담배 한 대 말아 피우기엔 제격이었다. 게다가 담배 한 대 피울 욕심에 영어사전 한 장을 다 외웠으니 공부에도 적잖은 도움이 되었다.

저녁에 공부하다가 입이 궁금해져 툇마루에서 한 대 말아 피웠다가 마침 들어오시는 아버지에게 걸려 쫓겨날 뻔한 적도 있었다. 내 방 책장에, 가방에, 교복 안주머니에 무명지로 곱게 싼 담뱃잎이 늘어가던 어느 여름에 느닷없이 해방이 찾아왔다. 해방되었다는 사실이 그저 좋아서 친구들과 울며 거리로 뛰쳐나가 목이 터져라 만세를 외치고 골목길에 삼삼오오 모여 한 모금씩 나눠 피던 담배 맛은 담배 끊은 지 벌써 이십 년 가까이 되어가는 요즘에도 가끔 그리울 때가 있다.

문예동인지 《폐허》 동인으로 유명한 오상순 선생과 종로 어느 다방에서 딱 한 번 마주쳤었다. 한국전쟁 끝나고 해군에서 제대한 뒤 대학에 복학하고 얼마 안 되었을 때다. 유명한 시인을 곁에서 본다는 설렘에 반나절을 그렇게 다방 한 구석에 앉아 지켜봤는데, 반나절 동안 무려 다섯 갑의 담배를 태웠다. 그분은 죽는 그날까지 담배를 하루 아홉 갑씩 피워댄 지독한 애연가답게 호마저도 '공초空超'다. '꽁초'에서 따온 말이다.

1920년에 발행된 《폐허》 1판에서 선생은 동인지 이름을 '폐허'라 지은 연유를 설명한다.

옛것은 멸하고
시대는 변하였네.
내 생명 폐허로부터 오다.

독일 극작가 실러의 작품에서 인용한 구절이다. 선생은 이 구절을 무척이나 좋아한 나머지 동인지 이름을 '폐허'라 지었다. 나도 '폐허'를 본 따 대학에 입학하자마자 문학동인회를 만들었다. 한국전쟁이 터지기 일 년 전이었다. 한국전쟁이 터지면서 모든 게 사라졌다. 함께했던 친구들도 사라졌고, 문학에 대한 열망 대신 암울한 현실만 남게 되었다. 그리고 나는 하루에 담배를 두 갑씩 사십 년간 입에 물었다.

버스 정류장에서 '길빵'을 하던 옆집 소년과 마주쳤다. 왜 수능을 안 봤니? 포클레인 면허 따서 일할 거예요.
녀석의 담배 연기에서 현실이 묻어난다. 어린 나이의 치기도 아니고 이른바 일진의 '후까시'도 아니다. 저네들은 실컷 하면서 우리더라는 하지 말라는 어른들에 대한 반항도 아니다. 열아홉 소년의 어깨에 지워진 삶의 무게를 연기로나마 날려 보내고 싶은 자기 위안일 뿐이다. 내 옆에 진정한 '공초'가 있었다.

나는 오래 건강하게 살기 위해 환갑이 넘은 나이에 담배를 버렸고, 그것이 소년 앞에서 조금은 부끄러워졌다. 대학을 졸업하고도 일하지 못하는 청년이 무려 칠십이만 명. 내가 살고 있는 강원도 원주의 전체 주민이 삼십만 명. 대형 마트에서 홍삼 엑기스를 팔며 자정이 넘어야 집에 돌아오는 어머니와 함께 사는 열아홉 소년의 가슴속을 그깟 타르가 적셔줄 수 있을까.

미래는 담배 연기와 같아서 보이면서도 보이지 않는다. 오상순 선생은 시 〈방랑하는 마음〉에서 그 답답한 마음을 바다에 비유했다.

바다 없는 곳에서
바다를 연모(戀慕)하는 나머지
눈을 감고 마음속에
바다를 그려보다.

가만히 앉아서 때를 잃고

옛 성 위에 발돋움하고

들 너머 산 너머 보이는 듯 마는 듯

어릿거리는 바다를 바라보다.

해 지는 줄도 모르고……

　나 또한 '가만히 앉아서 때를 잃고' 살아왔음을 시인한다. 그리고 나처럼 숱한 청춘들이 가만히 앉아서 때를 잃고 있다. 논술학원 대신 포클레인 면허증을 따러 중장비 학원을 찾는 열아홉 소년은 나처럼 앉아서 때를 잃지는 않을 것이다. 그 아이의 담배 연기가 부끄럽지도 괘씸하지도 않은 이유다. 나는 아직도 삶을 더 배워야 할 듯싶다.

상대의

바둑알이

더 커 보일지라도

60년대 초반, 국내에서 유일한 한글판 신문은 〈서울신문〉이었다. 일본어와 한문의 잔재가 짙게 남아 있던 시절에 〈서울신문〉만이 보다 많은 사람이 읽을 수 있도록 순 한글로 지면을 채웠다. 나 같은 젊은 청년들은 중국어와 일본어에 점령되었던 망국의 문화를 바로잡을 수 있다는 기대로 〈서울신문〉에 입사했다. 비록 지금은 자유당 정권의 기관지 역할밖에 하고 있지 못하지만, 우리가 노력하면 언젠가는 전신인 〈대한매일신보〉의 위명을 잇게 되리라 꿈에 부풀었다.

그런데 입사하고 얼마 안 되어 기대는 산산조각이 났다. 갓 입사한 신참 기자들에게 주어진 임무는 습득과 복종뿐이었다. 현실을 왜곡해 여론을 호도하는 기사 쓰는 법을 배우고, 상부 지시에 토 달지 않고 하라는 대로 지시를 따르는 습관을 몸에 익히는 것뿐이었다.

특히나 새로 부임한 편집장은 독재자와 다름없었다. 게다가 내가 너무나 잘 아는 분이어서 실망도 컸다. 다름 아닌 선우휘 씨다. 그는 당시에 나보다 십 년 연상으로 언론계와 문단의 대선배이자 소설《불꽃》으로 동인문학상을 수상한, 젊은이들의 우상이었다.

처음에는 독립운동과 민족계몽에 발 벗고 뛰어들었던 신문사의 옛 영광을 회복시킬 목적으로 이 험난한 가시밭길을 택한 줄로만 알았다. 회사 방침에 불만이 많았던 젊은 기자들, 특히 아무리 노력해도 여기서는 내 뜻을 펼칠 수 없겠다고 여겨 퇴직과 이직을 고민하던 나 같은 신참 기자들은 선우휘 씨가 편집장으로 내정되었다는 소식을 듣고 큰 기대를 걸었다. 언론의 정도에서 벗어난 신문사를 바로잡아줄 혁명가의 모습을 기대했던 것이다.

하지만 그 기대는 오래지 않아 허공으로 날아갔다. 이미 충분한 명성을 얻었음에도 그가 굳이 정부기관지 편집장 자리를 마다

하지 않은 까닭은 자유당 정권을 등에 업고 언론문화계에서 자신의 입지와 세를 넓히기 위함이었음을 알게 되었기 때문이다. 선우휘 씨 한 사람에게 실망하는 것으로 그치지 않고 어떤 거대한 벽에 막혀 내가 느꼈던 억압, 부조리, 불평등에 대한 감정이 사리분별 못하는 사춘기의 반항처럼 시간이 지나면 얼굴도 못 들 정도로 부끄러워지게 될 것만 같았다.

당시 선우휘 씨는 문단과 언론계의 최고 스타였다. 나 또한 그를 동경하고 있었다. 그의 출세작《불꽃》을 읽고 감동하여 이후로 발표되는 작품을 빠짐없이 읽었다. 겉으로는 언론계 선배 가운데 그만한 능력을 갖춘 이가 없어서 외부 인사에게 편집장을 맡기는 것이냐며 반대했지만, 속으로는 이 양반과 친해져 인생의 멘토를 얻고 싶다는 생각이 간절했다.

그 양반이 신문사에 처음 출근하던 날, 나는 여느 때보다 일찍 집을 나섰다. 어쨌든 상사와 처음 만나는 날인데 미리 가서 대기하는 것이 예의였기 때문이다. 책상도 정돈하고, 출근할 때쯤 화장실에 들러 머리와 옷매무새도 가다듬었다.

그렇게 기다리는데 아홉 시가 훌쩍 넘어서도 선우휘 씨는 나타나지 않았다. 그래서 오늘은 끝내 안 오려나 했는데, 열두 시가 다 되어서야 벌게진 얼굴로 편집실에 들어섰다. 어디 가서 한잔

걸치고 온 모양새였다. 기자들이 각자 자기소개를 하는 첫 대면 자리에서도 그는 우리에게 별다른 눈길을 주지 않았다. 그 인상이 마치 우리를 하찮게 보는 성싶은 표정이었다. 너희는 겨우 기사나 몇 줄 끼적거리는 기자 나부랭이들에 불과하지만 나는 다르다, 나는 동인문학상을 수상한 작가 선생이다, 하는 목소리가 귀에서 쟁쟁거리는 것 같았다.

그날로 나는 선우휘 씨에 대한 기대를 접었다. 딴에는 그에게 잘 보이고자 전날 술도 안 먹고 일찍 잠자리에 들어 새벽같이 일어나 부산을 떤 내 자신이 한없이 수치스러워졌다. 젊은 자존심에 상처가 난 것이다.

다음날부터 선우휘 씨 책상 앞에는 사람들로 북적거렸다. 역시 사람은 출세하고 봐야 한다는 것을 그로부터 느꼈다. 잘나가는 젊은 예술가, 학자들이 아침부터 그를 찾아와 줄을 섰다. 신문에 연재소설을 쓰게 해달라, 칼럼을 기고하게 해달라, 문화부 기자 자리가 있으면 추천해달라는 등 청탁이 밀려왔다. 또 동료 기자들도 기사를 쓰면 꼭 그에게 쪼르르 달려가 잘못된 문장이 있으면 바로잡아달라는 등 치켜세워주지 못해 안달이었다.

알고 보니 선우휘 씨는 신문사와 미리 협약이 맺어진 상태로, 지금은 〈서울신문〉 한글판 편집장 명목으로 앉아 있지만 머잖아

〈조선일보〉 편집국장과 주필主筆까지 약속이 되어 있는 상태였다. 어떻게 알게 되었는지 인사에 관련한 고급 정보를 얻은 동료들은 시도 때도 없이 그를 찾아가 눈에 들려고 무진 애를 썼다. 자유당 정권 말기였던 터라 머잖아 사달이 날 것을 예상은 하고들 있었으므로 자기 살 길이 어디에 있는지 궁리했을 것이다. 명색이 기자인데 망조 들린 정권 밑에서 아우성치는 시민의 목소리에 귀를 열기는커녕 우선은 나부터 살고 보자는 지극히 이기적인 행태에 재능을 소비하는 모습에 나는 크게 실망했다. 이들과 함께 기관지로 전락한 신문사를 다시금 부활시켜보자며 매일 밤 술잔을 나누고 시국을 토론했던 내가 한없이 외롭게 느껴졌다.

나로 말하면 모두 동경하는 신문사의 대스타와 가장 가까운 맞은편 자리를 차지한, 그야말로 명당의 주인이었다.

내가 아직도 문학에 뜻이 있다는 것을 알고 있던 동료들은 문단의 스타가 된 선우휘 씨에게 잘 보이면 소원대로 등단할 수 있지 않겠느냐며 농담 반, 진담 반으로 나를 꼬드겼다. 그 말에 공연히 자존심이 상한 나는 선우휘 국장 앞에서 말을 삼가게 되었다.

결국 명당자리에서 '악수惡手'를 두고 만 것이다. 바둑 명언 중에 "묘수를 둬 이길 때보다 악수를 둬 질 때가 더 많다"는 말이 있는데, 남들은 묘수를 찾지 못해 안달인 때에 나는 오목으로 치면

'쌍삼쀀ㅌㅡ'을 놓을 절호의 시점에서 스스로 내 발목을 걸어 넘어뜨리고 말았으니, 상사와 불편해진 것이다.

직장 상사이므로 당연히 아침에 보고 인사는 했다. 허나 내가 쓴 기사를 미리 검사받거나, 뭔가를 물어보거나, 같이 식사를 하거나, 술자리에 따라가는 일은 절대로 없었다. 먼저 말 거는 법도 없이 철저히 안 보이는 사람 취급을 한 것이다.

선우휘 씨도 처음엔 내게 심부름도 시키려 하고, 말도 걸어보려 하고, 데리고 나가 뭐 좀 먹여주고 싶어 하는 눈치였는데 내가 워낙 찬바람 쌩쌩 불게 하다 보니 이놈 봐라, 하고 나를 무시하기 시작했다.

갓 삼십대에 접어든 혈기왕성했던 시절이라 눈에 뵈는 것도 없기는 했지만, 존경했던 소설가가 돈 몇 푼 때문에 세간의 비난을 한 몸에 받고 있는 정부기관지 편집장으로 내려왔다는 데에 실망감이 너무 컸다.

사람이 싫어지니 그가 쓴 작품도 싫어졌다. 다시 읽어본 《불꽃》은 처음에 감동받았던 이상주의나 휴머니즘 같은 요소만이 전부가 아니었다. 그가 드러내지 않은 이념적 공격성이 느껴졌다.

이념적 공격성은 신문사에서도 여지없이 드러났다. 당시 〈서울신문〉 외신부 기자들은 이승만 정권에 상당히 비판적이었다.

아무래도 외국 정세를 취재하는 자리여서 우리의 답답한 현실을 더 크게 느꼈던 모양이다. 선우휘 씨는 외신부의 젊은 기자들이 정부에 비판적이라는 이유로 그들을 무차별적으로 비난했다. 그런 행동에 크게 반발한 나는 급기야 회의 도중 그에게 대들었고, 화가 난 선우휘 씨는 다음날부터 내 인사를 받지 않았다. 나도 인사를 하지 않았다.

사태가 심각해져 상부에서도 우리 두 사람의 갈등을 알게 되었다. 윗선에 불려가 호되게 야단도 맞고, 조금만 숙이라는 화해 권유 술을 한잔 얻어먹기도 했다. 이런 경우 당연히 아랫사람인 내가 먼저 숙이고 들어가 사과를 해야 한다. 나는 잘못한 게 없다는 생각이 들어도 조직생활의 상하관계에서는 아랫사람이 덤터기를 써야 한다. 억울해도 이를 감내해야 하는 까닭은 내가 윗자리에 올랐을 때를 생각해서다. 훗날 내 밑에 들어올 누군가도 나로 인해 항명할 수 있고, 여과 없이 불만을 터뜨릴 수 있다. 이때 조직이 내놓는 해결책은 그간의 역사다. 아랫사람이 윗사람에 대해 복종과 인내를 바쳐온 시간의 축적이다. 그 옛날 나도 그랬고, 내 상사도 그랬듯이 너 또한 오늘의 내게 복종해야 한다는 역사의 폭력이다.

나는 그 폭력을 인정할 수 없었다. 그래서 또 신문사를 뛰쳐

나오고야 말았다.

내가 좋아하는 복싱에 한 가지 금언金言이 있는데, "잽을 맞지 말라"는 것이다. 복싱에서 잽은 그야말로 툭, 쳐보는 것이다. 사실 별로 아프지도 않고 데미지도 느껴지지 않는다. 그래서 잽을 가볍게 여긴 나머지 애써 피하지 않는다.

그런데 잽의 목적은 그것으로 상대를 쓰러뜨리는 데 있지 않다. 가볍게 툭 쳐서 상대의 신경을 분산시킨 뒤에 카운터펀치를 턱에 명중시키기 위한 유도탄인 셈이다. 즉 잽을 맞는다는 것은 뒤에 날아올 카운터펀치도 맞아줄 준비가 되어 있음을 상대방에게 알려주는 행위다.

사람이 무서운 까닭은 자기 이익을 위해 남을 때리고 괴롭힐 수 있다는 점인데, 그보다 더 무서운 것은 자기 이익을 위해 남이 나를 때리고 괴롭히는 것을 얼마든지 수용할 수 있다는 점이다. 폭력에 길들여지는 것이다. 폭력을 감수한 대가로 내가 원하는 이득을 챙기는 것은 목표에 도달하는 가장 빠른 길인 동시에 가장 빨리 그 대가를 상실하는 패착敗着이기도 하다.

타인의 폭력에 길들여진 자들은 어지간한 단매에는 눈 하나 깜짝하지 않는다. 그걸 두고 세간에서는 유들유들해서 직장생활 잘하겠다고 평가한다. 성격이 좋아서 누구랑 같이 있어도 갈등이 없겠다고 칭찬한다. 그래서 청년들은 그런 사람이 되려고 노력한다. 자발적 자학이다. 남에게 얻어터지기 전에 내 손으로 먼저 나를 때려 아픔에 길들여지는 것이다.

인생을 바둑판에 비교하곤 한다. 수백 개가 넘는 흑과 백의 바둑알들이 엉켜 하나의 승부를 이룬다. 거기에는 승리가 있고, 그에 따른 패배가 있다. 바둑알 하나로 이룰 수 있는 것은 아무것도 없다. 그러하기에 우리는 바둑알로서의 운명을 나쁘게 바라보지 않는다.

간혹 상대의 바둑알이 무척 커 보일 때가 있다. 그러면 그만큼 내 바둑알이 작아 보이게 된다. 상대의 위압적인 기에 짓눌려 내 존재감이 초라해지는 것이다.

잊지 말아야 할 것은, 내 앞의 그 거대한 존재도 우리가 처한 승부에서는 한 개의 바둑알에 불과하다는 점이다. 아무리 노력해도 나는 도저히 가질 수 없는 것들을 누리고 있기에, 너무 부러운 나머지 내게 주어진 소중한 것들마저 비참하게 만드는 그의 존재 또한 우리가 겪어야 될 승부에서는 나와 동일하게 한 개의 바둑알에 지나지 않음을 명심해야 한다.

아무리 크게 보여 봤자 같은 바둑알일 뿐이고, 아무리 희고 빛나는 백돌이라 해도 편을 구분하기 위한 장식에 불과하다. 그가 보는 내 모습이 아무리 초라하고 새카만 흑돌이라 해도 바둑판 위에서는 어깨를 견줘 승패를 다투는 라이벌이다. 승부가 시작된 이상 승리가 누구의 것일지는 아무도 장담하지 못한다.

지금도 간혹 선우휘 씨의《불꽃》을 읽는다. 거기에는 처음 이 소설을 접했던 스물일곱 살의 내가 있고,《불꽃》을 쓴 작가 선우휘 씨 앞에 서 있는 젊고 초라한 서른두 살의 내가 있고, 여든다섯 살이 되어 아직도 소설가를 꿈꾸는 내가 있다.

나는 아직 살아 있고 포기하지 않았다. 우리의 승부는 끝나지 않았다.

도표도

지도도 없는

세상에서

나는 삼십 년 넘게 직장생활을 했는데 이직을 꽤 자주 한 편이었
다. 가장 오래 다닌 회사는 〈중앙일보〉로, 십 년을 근속했다. 데스
크까지 진급하고 삼 년쯤 일했을 때 S기업 홍보팀에서 스카우트
제의가 왔다. 〈중앙일보〉에서 받던 월급의 두 배였다.

　군사정권 밑에서의 기자라는 게 재미도 없고, 스트레스를 너
무 많이 받아서 이왕 돈 때문에 다니는 직장이라면 정말 돈만 보
고 자리를 옮겨보자는 생각에 미련 없이 펜을 던지고 그곳으로
향했다.

이른바 대기업이라는 곳을 경험해보고 싶다는 생각도 강했다. 그곳에는 생산이 있다. 대학 졸업하고 펜으로만, 말로만 먹고 살았다는 위축된 자의식 때문이었는지는 몰라도 사람들이 필요로 하는 재화를 생산하는 일이 해보고 싶었다. 보람도 있을 것 같았다.

하지만 몇 달 다니지도 않아 후회막급이었다. 국내 최고의 대기업에서 근무한다는 것이 얼마나 시시하고 보잘 것 없으며 형편없는지를 깨달았기 때문이다.

S기업에 이태쯤 다녔는데, 내 인생에서 가장 허무하고 아쉬운 시간이었다. 총체적 난국이랄까. 답이 없는 하루하루의 연속이었다. 지금 돌이켜보면 그런 경험을 해봤다는 것에 의미가 있겠지만, 당시로 돌아간다면 결코 같은 선택을 하지 않을 것이다.

항상 상사보다 먼저 출근해 있어야 했다. 출근시간은 말만 아홉 시였지 아홉 시에 출근하는 사람은 아무도 없었다. 새벽에 갑작스런 회의가 있다며 호출하기 일쑤였다. 그 시절엔 토요일에도 근무했는데, 퇴근시간이 오후 세 시였지만 세 시에 퇴근하는 사람을 본 적이 없었다. 평일 퇴근도 밤 아홉 시를 넘기는 게 다반사였다.

그런데 할 일이 남아서 그렇게 늦은 적은 없었다. 홍보팀 업무라는 게 굳이 밤까지 새가며 해야 할 일은 아니었다. 그땐 기업

마다 매달 사보가 나왔는데, 이십 년 가까이 중앙일간지 기자로 글밥만 먹었던 내게 기업 사보는 애들 장난 같았다. 시국을 다루는 신문도 자정 전에 인쇄에 들어가는데 한 달에 홍보지 한 권 만들고 월급 받는 대기업 홍보팀 근무가 도대체 왜 날밤을 새야 하는지 이해가 안 되었지만, 나를 스카우트한 부장님께서는 그게 바로 '액션'이라며 늘 '보여주기'를 강조했다.

새벽같이 회의가 있다며 불러놓고 오가는 말은 어제 맡은 일은 잘 했느냐, 오늘 스케줄이 어떻게 되느냐 같은 시시한 내용뿐이었다. 정말 중요한 업무회의는 꼭 저녁 일곱 시로 시간을 맞췄다. 저녁 먹고 와서 회의하자는 것이다. 회식 후에도 꼭 회사에 들러 사무실 책상에 앉았다가 누구 눈에라도 띈 후에야 돌아갔다.

나중에는 그게 버릇이 돼서 다들 안 가니까 나도 하릴없이 책상에 앉아 있었다. 내가 소속된 홍보팀만 그런 게 아니라 다른 부서도 마찬가지였다.

처음엔 적응이 안 돼서 대체 왜 퇴근할 생각들을 안 하느냐고 물어보았다. 돌아온 대답이 가관이었다. 혹시나 중요한 호출이 있을까 싶어 대기하는 것이란다. 일이라도 시켜주면 좋을 텐데, 쓸데없이 소모되는 시간이 너무 많았다. 물론 국내 최고의 대우에 수당과 보너스, 상여금은 입이 쩍 벌어질 만큼 안겨줬다. 그러나 대체 왜 내 소중한 삶을 '대기 중' 상태로 소모시키는 것인지 이해가 안 되었다.

텔레비전에서는 '초일류기업'이라는 기업광고가 쏟아졌다. 그걸 볼 때마다 한숨이 나왔다. 국내에는 적수가 없다며 세계로 나아가야 한다는 공익방송 같은 사내방송이 온종일 스피커를 통해 울려댔고, 그때마다 나는 속으로 '이러다간 정말 병신이 될지도 모르겠다'는 걱정이 쌓여갔다.

마침내 인내에 한계가 왔다. 한시도 가만있지 못하는 말띠생인 내가 이태나 버틴 것은 지금 생각해도 용하다. 그런 걸 보면 월급이 무섭긴 무섭다.

사정이 생겨 그만둬야겠다고 했더니 친한 동료의 반응이 놀라웠다. 미쳤느냐, 이 좋은 직장 놔두고 어디를 가려 하느냐, 아직 아이도 어린데 뭘 하고 살 거냐 책망할 줄 알았는데 조용히 다가와서 한다는 말이 "용기가 부럽습니다. 잘 생각하셨어요"라는 칭찬과 격려였다. "그럼 나랑 같이 그만둬요"라고 농담 반 진담 반 권하자 씁쓸한 웃음만 돌아왔다.

만약 일 년만 더 다녔더라면 나는 진급시험 대상자가 될 수 있었다. 운 좋게 진급했더라면 월급도 30퍼센트 넘게 인상되고 퇴직금도 당연히 더 받았을 것이다. 그 돈을 생각해서라도 일 년만 더 버텨보라는 얘기도 들었다.

하지만 더는 버텨낼 자신이 없었다. 후한 월급을 받는 대가로 원치 않는 상황을 버텨내야 하는 내 처지가 너무 서글펐다. 어차피 일 년 후에 진급하지 못하면 회사를 나가야 한다. 그럴 바에야 떠나고 싶어졌을 때, 하루라도 이 생활을 덜 겪었을 때 다른 길을 찾고 싶었다.

처음 신문사에서 이직을 결심하면서 환상 같은 게 있었다. 국내 최고의 대기업, 모두가 부러워하는 그곳에서 나의 능력과 그간의 경험을 발휘한다면 얼마나 멋질까, 상상했다. 세상의 구질구질한 이면에 기생하며 기사 한 줄로 내가 할 바는 다 했다는 자위에 익숙해지는 내 모습이 싫었기 때문이다. 첨단을 지향하는 그곳에서 생산적이고 지적인 업무를 하면서 긴장과 보람, 보상이 뒤따르는 가시적인 업적을 남기고 싶었다. 사람들이 나를 알지 못해도 내가 이뤄낸 성과를 보고 만족할 수 있게 되기를 꿈꿨다.

그러나 내가 잘못된 탓인지는 몰라도 S기업에서의 생활은 그 옛날 유명했던 동춘 서커스단 같았다. 서울대, 연세대, 고려대, 외국 명문대를 졸업한 석·박사들을 모아놓고 바보짓을 가르치는 동물 서커스단 같았다.

직장생활이 힘들다고 느껴지는 까닭은 사람 때문이 아니다.

일이 적성에 맞지 않아서도 아니다. 이 회사가 내 인생에 아무런 의미도 없음을 깨닫게 되었기 때문이다. 매달 통장에 찍히는 똑같은 액수의 월급 빼고는 그 어떤 의미도 줄 수 없음을 알아버렸기 때문이다.

내 소원은 남들 출근할 때 출근하고, 남들 퇴근할 때 퇴근하는 것이 아니었다. 왜 그만두느냐는 부장님과의 면담에서 근태가 벅차다는 대답은 변명이었다. 내가 책임질 테니 눈치 보지 말고 일하라는 말씀은 감사했지만, 나는 거절했다. 정말 좋아하는 일, 내가 누구인지 나 스스로 확인할 수 있는 일 때문이라면 며칠 밤을 새워도 고되지 않고 불만도 없다. 도리어 감사하고 행복했을 것이다.

떠나는 나를 보며 동료들의 반응은 두 갈래였다. 회사를 비난하는 동료도 있었다. 나를 위로해준답시고 이런 회사는 망해버려야 한다고 악담을 퍼붓는 동료도 있었다. 반대로 떠나는 나를 비난하는 것이 남겨진 자신의 의무라고 여기는 동료도 있었다. 자기가 무능력해서 쫓겨난 주제에 영웅 행세를 하려 든다고 비아냥대기도 했다. 능력도 없는 사람이 밖에 나가봐야 뭘 할 수 있겠느냐며 반드시 후회하게 되리라 저주하는 후배도 있었다. 내 눈에는 그 두 부류 모두가 불쌍하고 외로워 보였다. 선택하지 못한 채 앞으로도 계속 자신을 속여야 하는 미래에 절망한 나머지 한쪽은 아쉬움을, 다른 한쪽은 분노를 쏟아내는 것처럼 보였다.

S기업을 퇴직한 후 한국생산성본부 출판부로 자리를 옮겨 기획위원으로 일했다. 월급은 삼분의 일로 줄었고, 생활은 팍팍해졌지만 그곳에서 좋아하는 책을 만들 수 있어 보람을 느낄 수 있었다.

가끔 옛 동료들과 만나 술잔을 나누며 사는 얘기를 했다. 그들은 매년 연봉이 올랐다. 대신 뭔가에 도전하기를 두려워했다. 에스컬레이터에 서 있기만 하면 한 단계씩 알아서 위로 올려주는 시스템에 적응되어 자신의 현재 삶을 정당화하기에 급급했다. 나는 그 모습도 나쁘지 않다고 여겼다. 하지만 나는 그렇게 살고 싶지 않았다.

9급 공무원 시험에 이십대 청년 육십만 명이 지원한다는 뉴스를 보았다. 삼성고시라는 말도 들었다. 대학원에서 박사학위를 딴 삼십대 젊은이가 구청환경과에 지원해 쌀가마니를 지고 100미터를 달리는 체력시험을 본다. 직업에 귀천은 없다. 먹고사는 일에 학위가 무슨 소용이며, 내 몸 하나 가지고 돈 벌 수 있다면 그보다 행복할 수는 없다. 그보다 다행일 수는 없는 세상이 되었다.

나의 옛 추억이 배부른 소리처럼 들릴지도 모르겠다. 당신네가 젊었을 때랑 세상이 달라졌다며, 그 돈 받고 그 정도도 참아내

직장생활이 힘들다고 느껴지는 까닭은

사람 때문이 아니다.

일이 적성에 맞지 않아서도 아니다.

이 회사가 내 인생에 아무런 의미도 없음을

깨닫게 되었기 때문이다.

매달 통장에 찍히는 똑같은 액수의 월급 빼고는

그 어떤 의미도 줄 수 없음을

알아버렸기 때문이다.

지 못한 것이냐며 나를 힐난할 수도 있다. 단지 내가 묻고 싶은 것은 우리 인생이 그 정도 값어치밖에 안 되는 걸까?

사십 년 전에 내가 내린 대답은 한 번뿐인 이 삶을 돈과 맞바꾸고 싶지 않다는 것이었다. 책상에 앉아 삼십 분이면 끝날 일을 여섯 시간씩, 아니 이틀씩 붙잡고 싶지 않다는 것이었다. 내가 없어도 그 돈이면 삼십 년이고 사십 년이고 시키는 대로 참아내겠다는 사람들이 널렸다는 것을 안다. 그저 역마살이 낀 내 팔자가 굴러온 복을 발길로 걷어찬 것일 수도 있다. 만약 계속 그 회사에 남았더라면 현재 모습과 다른, 물질적으로 그토록 곤궁한 일은 겪지 않았을지도 모르고, 가족들이 고생하지 않아도 되었을 것이다.

모두가 나의 이기심, 내가 원하는 대로 해야만 직성이 풀리는 극도의 자기본위 성미가 문제일 수도 있다. 그래도 나는 멋지게 살고 싶었다. 철없는 신소리 같이 들릴 수도 있겠지만, 남들처럼 살고 싶지 않았다. 세상 사람들 모두 쭈그리고 앉아 땅바닥에 떨어진 낟알을 주워 먹고 있을 때 맨발로 대지를 느끼며 내가 어디쯤 서 있는지 바라보고 싶었다. 내가 서 있는 이 길에 지도가 없기를, 도표도 없기를 바랐다.

나의 방황은 아직 끝나지 않았다. 절대로 끝나는 일이 없게 만들 것이다.

내 인생의
창조주는
바로 나

패션에 민감하고 삶의 무게를 가볍게 인정하는 젊은이들, 즉 '신인류'로 불리는 그들은 과거 우리 때와 달리 기성체제에 순응하지 않고 자기만의 주관에 따라 좋아하는 것을 즐기며 사는 긍정적인 의미로 인식되고 있다.

그런데 뜻밖에도 거리나 지하철에서 그들의 얼굴을 보고 있으면 등골이 오싹해진다. 하나같이 넋 나간 표정을 짓고 있어서다. 앞으로 뭘 하면서 살아야 하는지 갈피를 못 잡고 있는 표정이다. 자존심이 강해서 누가 자기를 무시하면 충동적으로 살인도 불사하는 친구들이지만, 정작 삶에 관해서는 주먹을 불끈 쥐고 달려드는 정열이 없다. 세상이 좋아져서 다들 대학 나와 그럭저럭 자기 앞가림은 하고 살지만 말이다.

요즘 애들은 고생을 안 해봐서 그렇다고 나를 비롯한 기성세대는 말한다. 그거로도 충분한 이유가 된다. 그러나 솔직히 말한다면 젊은 친구들만 그런 게 아니다. 요즘은 반쯤 얼이 빠진 채 살아가는 사람들이 너무 많다. 이것은 심각한 문제다.

그래서 나는 이 시대의 구제할 수 없는 인간 중 한 명인 이 책을 읽고 있는 당신에게, 늘 불안한 가운데 길을 헤매는, 도무지 매사에 자신감이 없어서 무엇부터 해야 좋을지 모르겠다는 당신에게 한 가지를 제안한다.

나는 그저 그런 인간이다, 구제할 길 없는 인간이다, 이제는 쓸모도 없다, 라고 자신의 처지를 솔직하게 인정해버리자는 것이다.

그렇게 마음이 약해지면 안 돼, 아무 일도 못 해, 그러다가는 우울증에 걸려, 하면서 부모님과 친구들이 목구멍까지 차오르는 그 고백을 틀어막으려고 할지도 모르지만, 지금처럼 있지도 않은 자신감으로 무장한 채 끙끙거린다고 해서 마음이 강해지는 것도 아니다. 그러니 처음부터 아예 "나는 약한 인간"이라고 인정해버리는 것이다.

여든이 넘은 나는 공연히 강해지려고 버둥거리지 않는다. 나이 좀 먹었다고 예전보다 나아진 척 연기하지도 않는다. 나보다 어린 것들한테 존경은 고사하고 최소한 무시당하지는 말아야지 하면서 팔아먹을 데도 없는 자존심을 배 밖으로 꺼내놓지도 않는다.

이것은 체념이 아니다. 나약한 인간으로 태어났다는 부정할 수 없는 현실을 자연스럽게 인정하는 것이다. 스펙 때문에, 학벌 때문에, 성별 때문에, 직장의 수준이나 소속된 부서 때문에 나약해진 것이 아니라 애초부터 나약하게 태어났다는 거부할 수 없는 진리를 수긍하는 것이다. 그래야만 뭔가를 적극적으로 고민하며 시도해볼 수 있는 기회가 생긴다. 남들이 보잘것없다고 비웃는 일이라도, 그 나이 먹고 그런 일을 해야겠느냐고 타박하더라도 내가 가진 정열을 다해 내 인생의 보람이 되는 뭔가를 만들어낼 수 있게 되는 것이다. 사람들 눈엔 어리석은 짓 같아도 나는 이 일이 하고 싶다, 이거라도 해야겠다 싶으면 계속한다. 나는 볼 수 없지만 그 일을 하고 있는 내 눈에서는 분명 생명의 빛이 반짝이고 있을 것이다.

이게 바로 자기발견이다. 살아 있기를 잘했다는 생각이 들 것이다.

"이거다!"라는 생각이 뇌리를 강타했을 때 타인의 시선 따위는 머릿속에서 깨끗이 지워버려야 한다. 애인도, 부모도, 친구도, 근본적으로는 남이다. 남들 시선을 의식하여 내가 그들에게 어떻게 보일지, 노심초사해서는 안 된다. 하고 싶은 대로, 되는 대로 살아가면 된다.

정열을 기울일 만한 일을 찾지 못했을 때도 마찬가지다. 일이 뜻대로 안 풀린다고 실망하거나 다른 길을 찾아보자고 꼬드기는 머리와 지쳤다고 투덜대는 두 다리를 탓할 필요가 없다. 안 되면 그건 그대로 또 좋다. 해봤으니 안 된다는 부정적 경험에 붙들리지 않는 것만 해도 천만다행이라 여기며 나를 격려하고 칭찬해줘야 한다. 그래도 나는 젊고, 어제보다 강해졌으며, 비록 상처받았으나 인생은 단단해졌음을 고맙게 여겨야 한다. 그렇게 조금씩 인생에서 제약을 없애버리다 보면 자연스레 뭔가를 발견하게 된다.

무슨 일을 해야 좋을지 모르겠다는 사람이 너무 많다. 그게 가장 큰 고민이라고 한다. 당연한 고민이다. 뭔가를 해야 한다고 생각하지만, 도대체 그 '뭔가'가 무엇인지를 모른다. 아무리 생각하고 노력해도 알 수가 없다.

그런 고민은 나만 하는 게 아니다. 모두의 고민이다.

그러니 남들과 상의하고 물어봐도 답이 없다. 우선은 조금이라도 정열이 느껴지는 일, 왠지 관심이 가는 일을 무조건 시작해보는 것이다. 정열은 삶의 보람으로 이어진다. 정열은 조건을 따지지 않는다. 정열은 무조건이다.

대단한 결정을 내려서 거창하게 시작해야 한다는 생각부터 버리자. 시시하고 사소해도 좋다. 마음이 가는 길로 걸어간다. 실패해도 상관없다.

현실적인 관점에서 말한다면 제대로 되는 일이 없을 것이다. 만약 실패했다면 더 재미있는 일, 더 궁금했던 일을 찾아본다. 중요한 것은 '무조건'이다. 돈, 성공, 명예 같은 조건을 전제로 삼아서는 안 된다. 모든 조건에서 해방되기를 권한다.

무조건적으로 살다 보면 뭔가를 찾게 된다. 하지만 내키지도 않는데 억지로 찾으려고 해서는 안 된다.

찾아도 좋고, 찾지 못해도 좋다. 그렇게 자유로워졌을 때라야 비로소 눈앞에 떠오르는 것이 있다. 뭔가를 찾으려 해도 찾지 못하는 이유는 내가 자유롭지 못하기 때문이다. 억지로 찾지 않을 때 나는 자유로워지고, 비로소 그 무언가를 찾게 된다.

가볍게 농담하거나 장난치는 기분이랑 같다고 생각하면 좋겠다. 호기심이라고 말해도 좋다. 그런데 호기심이라고 하면 왠지 모르게 틀에 갇힌 조급함이 느껴진다. 그러니까 가볍게, 그저 마음 가는 대로, 생각나는 대로 움직여보자.

무슨 일을 해야 좋을지 모르겠다는 사람이 너무 많다.

그게 가장 큰 고민이라고 한다. 당연한 고민이다. 뭔가를 해야 한다고 생각하지만,

도대체 그 '뭔가'가 무엇인지를 모르겠다. 아무리 생각하고 노력해도 알 수가 없다.

그런 고민은 나만 하는 게 아니다. 모두의 고민이다.

인생이란 삶이며, 그 자체로 신선한 놀라움이다. 기쁨이다. 매일 매일이 새롭고, 모든 가능성이 내 앞에 열린다. 이런 설렘은 내가 살아 있다는 증거다. 인생이든 연애든 설렘이 없으면 끝장난 거나 다름없다.

우리는 막 세상에 태어났을 때, 물론 태어났다고 해서 지금과 같은 세상을 살았던 것은 아니지만, 어쨌든 "응애!" 하고 엄마 뱃속에서 빠져나온 그때부터 상상도 못했던 외계와 맞닥뜨린다.

갓난아기는 무방비 상태의 생명체다. 그럼에도 불구하고 힘차게, 온 힘을 다해 "응애!" 하고 운다. 슬퍼서가 아니다. 기뻐서도 아니다. 생명이 바깥세상으로 분출되었다는 표시다.

그 아기는 자라서 분별력을 갖게 된다. 새로운 눈으로 자기 주위와 세계를 바라보기 시작한다. 어린이에게 세상의 모든 현상, 아침에 태양이 떠오르고, 비가 내리고, 벌레가 움직이는 것은 그 자체로 신비로움이다. 날마다 세상은 아이에게 놀라운 충격으로 새롭게 부딪쳐온다. 그 충격이 아이에게 살고 싶다는 충동을 준다. 충격에서 아이는 기쁨을 느끼고 성장한다.

그러다가 어느 순간부터 인생이란 무엇인가, 나는 어떤 사람이 되어야 하는가를 고민하기 시작한다. 타인의 눈, 내가 처한 상황이 마음에 걸리면서부터 인생이 괴로워진다. 세상이 점점 무서워진다. 부모를 비롯해 주위 사람들은 내가 나를 깨닫기도 전에 나를 판단하고 정의내린다. 머리가 좋다느니, 머리가 나쁘다느니, 운동능력이 없다느니,. 얼굴이 못생겼다느니……. 나보다 압도적으로 거대한 사회가 그림자를 내 머리 위로 내려뜨리는 순간이다.

어린 시절의 싱싱한 자유로움은 그림자에 질식되어 세상 사람들이 생각하는 그대로 생각하게 되고, 세상 사람들이 말하는 그대로 말하게 된다. 그러면서도 그 모두가 내 생각이 아님을 깨닫지 못한다. 상식이 나를 가둬버렸기 때문이다.

쉽게 말해 '어른'이 된 것이다. 아이가 어른이 되면 호기심은 의식적으로 변한다. 어렸을 때는 의식하지 않아도 하루하루가, 모든 맞닥뜨림이 신기하고 궁금했는데, 어른이 되고부터는 애써 의식해야만 그런 감정을 잃어버리지 않게 된다.

내가 생각해도 나는 호기심이 왕성한 인간이었다. 낯선 상황, 그래서 위험하다고 판단될 때마다 온몸을 내던지고 싶었다.

그런 성향이 나의 생명을 위협했기에 나는 기자를 그만둔 후 작가의 길로 들어섰다. 글은 자유다. 많은 사람이 자유를 잃어가고 있는 시대였기에 나는 반대로 가장 자유롭고, 가장 위험한 길을 내 인생의 마지막 경주로로 선택했다.

나는 아침부터 저녁까지 온종일 글을 쓴다. 내가 쓰는 글은 시간이라는 화폭에 새겨지는 조각이다. 연장은 내 머릿속이다. 이모든 행위가 나를 밖으로 폭발시킨다. 그 폭발에는 조건이 없다. 조건이 없으므로 어떤 가치관에도 구애받지 않는다.

그 순간만큼은 내 모든 정열을 기울여 도전한다. 그때 나의 생명이 열리는 것이 느껴진다. 살아 있다는 보람이다. 매일 겪어도 새롭다.

> 너는 청년의 때에 너의 창조주를 기억하라.
> 곧 곤고한 날이 이르기 전에
> 나는 아무 낙이 없다고 할 해들이 가깝기 전에
> 해와 빛과 달과 별들이 어둡기 전에
> 비 뒤에 구름이 다시 일어나기 전에 그리하라.

구약성서 〈전도서〉에 나오는 말씀이다. 내 인생 말년의 표어이기도 하다. 내가 모든 것을 잃고 다시금 혼자가 되었을 때 "너는 청년의 때에 너의 창조주를 기억하라"는 이 말씀을 붙잡고 나를 일으켜 세웠다. 과연 누가 나의 창조주인가. 누가 나를 만들 것인가. 누구도 아닌 나 자신이라고 결론을 내리자 자신감이 생겼다. 나이 칠십에 경매로 전 재산을 날려버린 실패한 인생에서 여전히 발버둥해대며 앞으로 나아가야만 하는 청년이 된 것이다.

곤고한 날이 이르고, 아무 낙이 없다 말하게 되고, 해와 빛과 달과 별들이 더 이상 나를 찾아오지 않는 때에, 비가 내리고 다시 구름이 끼기 시작했을 때에 내 인생의 창조주는 바로 나라는 사실을 비로소 깨달았다. 너무 늦게 자각하게 된 것이다. 좀 더 빨리 나의 창조주가 누구인지 알았더라면 분명 지금보다 더 행복하고 충만한 인생을 살았으리라 믿는다. 내겐 이젠 기회가 적지만 청년에겐 아직 기회가 많다. 그 기회는 내가 아무리 되찾고 싶어도 가질 수 없는 소중한 기회다.

비타민보다
값진
햄버거

지난여름에 몸에 탈이 나 열흘 가까이 병원에 입원했다가 퇴원했다. 이십 년 전, 갈비뼈가 부러져 한 달 넘게 병원 신세를 진 것을 빼면 내 인생에서 제법 위험했던 순간 중 하나였다.

병명은 '패혈증'이다. 여름만 되면 컨디션이 나빠지는 습관이 있어 7월 무더위가 시작되면서 몸이 나른해지고 입맛이 떨어져도 그러려니 했다. 그러다가 뭘 잘못 먹었는지 하루는 심한 설사와 복통, 구토에 다리가 풀리고 정신이 혼미해져 급하게 119를 불러 응급실로 향했다. 그땐 이미 정신을 반쯤 잃은 혼수상태여서 나중에 식구들에게 듣고 보니 꽤 위험했다고 한다. 혈압이 급격하게 떨어지고, 혈액검사에서는 지속적으로 염증이 발견되었다. 장에서 시작된 염증이 전신으로 퍼지는 패혈증 쇼크가 나타난 것이다.

바로 입원이 결정되어 집중 치료를 받았다. 고혈압 약을 수십 년째 복용해온 내가 혈압을 잴 때마다 80~90에 머물렀으니 상태가 여간 심각했던 게 아니다. 게다가 나이도 적잖아 면역력이 약해 그야말로 혈관에 약을 쏟아 부었다. 내 평소 체중이 48킬로그램으로 극심한 저체중인데, 퇴원 후 몸무게를 재보자 58킬로그램이 나갔다. 열흘간 링거를 비롯한 항생제를 무려 10킬로그램이나 내 몸에 들이부은 결과였다.

사흘쯤 지나자 정신이 돌아오면서 혼자 화장실도 가고, 배도 고프고, 심심하기도 하고, 같은 병실에 누워 있는 사람들도 눈에 들어왔다. 어쨌든 살아남은 것이다. 바로 옆 침대엔 이십대 초반으로 보이는 청년이 누워 있었다. 축구하다가 발등이 부러져 입원한 친구였는데, 가족이 집으로 돌아간 밤사이에 내 소피所避도 받아주고, 창피한 얘기지만 장염 때문에 차고 있던 기저귀도 갈아주고, 물도 떠먹여주고, 말벗도 되어주고, 몸도 씻겨준 고마운 청년이다.

덩치가 산만해서 쥐꼬리만큼 나오는 병원밥에 어찌 배를 채

울까 싶었는데 병원밥은 안 먹고 시도 때도 없이 밖에 나가 햄버거를 사오곤 했다. 앉은 자리에서 대여섯 개를 게 눈 감추듯 집어삼켰다. 몸무게를 묻자 키 180센티미터에 105킬로그램이나 나간다고 했다. 나보다 두 배 넘게 무거운 삶이다. 햄버거라는 게 미국에서는 정크 푸드junk food, 그러니까 몸에 안 좋은 '쓰레기 음식'으로 불리는데 어찌 그리 먹어대느냐고, 그간의 고마움을 달리 표현할 길이 없어 괜한 걱정과 타박으로 돌려줬다.

그럼에도 만화영화에나 나올 법한 곰돌이 같은 푸근한 인상의 이 청년은 친구와 함께 미국계 햄버거 가게를 준비 중인데 햄버거에 대해서는 아는 게 없어 무조건 먹고 있다며 웃었다. 지난 6개월 간 햄버거만 먹어 몸무게가 30킬로그램 넘게 불어났다는 말도 덧붙였다. 그러면서 하는 말이 자기가 햄버거를 먹어보니 어쩌다 한 번씩 먹는 기호식품으로 여겨야지 이걸 주식으로 먹었다간 자기처럼 비만은 물론이고 콜레스테롤에 위염 증상까지 생긴다면서 할아버지는 아예 드시지도 말란다.

이 친구는 원래 대학에서 건축학을 전공했다. 하지만 이른바 '지잡대'로 불리는 강원도 어디의 4년제 건축학과를 나와서는 대기업에 원서를 넣어봐야 회사마다 자체적으로 운영하는 인재 선별 프로그램에 대학 이름이 적발되어 원서가 자동 삭제된다고 한다. 울며 겨자 먹기로 교수가 추천해주는 대로 영세 건축사무소에 인턴으로 입사했지만, 밤낮없이 심부름을 해도 손에 들어오는 월급이라곤 백만 원이 채 안 된다는 것이다. 그나마도 다달이 꼬박꼬박 받는 게 아니고 서너 달에 한 번씩 띄엄띄엄 받을까말까…… 동안이라 어리게 봤는데 올해 나이가 벌써 스물일곱 살이었다.

학벌이 무슨 상관이냐며, 요즘 같은 세상에 열정과 능력이 있으면 어디서든 불러준다고 짐짓 어른 흉내를 내보았다. 곰돌이 청년은 씁쓸하게 웃으며 어차피 공부 안 해서 삼류대학에 갔고, 삼류대학인 걸 뻔히 알면서 사 년간 공장에서 일하며 학비를 벌었으니 어쨌든 빚 안 지고 졸업한 게 어디냐며 자기 삶에 큰 불만은 없다고 했다. 다만 빨리 결혼해서 아이도 낳고, 그렇게 살려면 작은 평수더라도 전셋집 하나 구할 돈은 벌어야 되겠는데, 그게 말처럼 쉽지 않아서 걱정이 많다고 나보다 더 어른스러운 표정을 지어보였다.

그런데 문제는 그 다음날이었다. 곰돌이 청년만큼은 아니어도 엉덩이가 꽤 무거워 보이는, 큰 몸집에 비해 얼굴이 귀엽게 생긴 아가씨가 병실에 들어섰다. 내 옆자리를 서성이다가 박 모씨가 어디 갔느냐고 물었다. 박 모씨는 곰돌이 청년의 이름이다. 허리가 부러져 입원한 맞은편 남자가 아마도 햄버거 사러 나갔을 것이라고 알려주었다. 아무래도 애인인 모양이다. 무슨 말만 하면 얼굴이 새빨개지는 부끄럼쟁이 곰돌이가 구르는 재주는 있다고, 어디서 몰래 애인까지 사귀었나 싶어 재미있어지려는데 그 아가씨 표정이 왠지 심상치가 않았다. 수심이 가득한 게…… 남자친구가 아파서 그러는가 싶었다.

내과과장을 만나 위험한 고비를 넘겼다며 며칠만 더 지내면 퇴원할 수 있다는 반가운 소식에 몸이 가벼워져 서둘러 병실로 돌아왔다. 내 몸이 나았다는 말에 기분도 좋고, 방금 온 아가씨 얘기로 새로 사귄 숙맥 같은 젊은 친구를 놀려먹을 생각에 걸음이 빨라졌다.

그런데 병실에는 나의 곰돌이 친구가 없었다. 저녁을 먹고, 아홉 시 뉴스를 보고, 남자들이 이토록 드라마를 좋아했음을 깨닫게 해준 기나긴 밤 열 시가 지나서도 그는 돌아오지 않았다.

새벽 무렵에 부스럭거리는 소리에 잠이 깨 돌아보니 술에 잔뜩 취한 그가 침대 모서리에 걸터앉아 있었다. 로비로 데리고 나가 자판기에서 시원한 음료수를 한 캔 뽑아주었다. 무슨 일이냐고 묻지는 않았다. 얼굴에 잔뜩 그늘이 진 여자친구가 찾아왔고, 남자는 자정이 훌쩍 넘은 시간까지 병원복도 갈아입지 않은 채 술을 마셨다면 굳이 물어볼 것도 없는 상황이다. 어리다면 어릴 스물일곱의 청년은 제 인생에서 거쳐야 할 수많은 이별 중의 하나를 겪게 되었을 뿐이다.

결혼을 생각했다고 한다. 아가씨는 그보다 두 살 연상의 직장인이었다. 그녀 집에서는 결혼하라고 난리였지만, 그 상대가 맘씨 좋은 곰돌이 친구는 아니었던 모양이다. 친척이 소개해준 남자와 맞선을 봤는데, 일이 잘 풀려 결혼하기로 했다는 것이다.

대학 졸업하고 6개월째 햄버거만 먹어대는 남자에게서 그녀는 자신의 미래를 찾고 싶지 않았을 수도 있다. 그녀와의 미래를 꿈꾸며 몸무게가 30킬로그램이나 늘 때까지 햄버거를 먹어대는 동안 아마도 그녀는 보다 안정적이고, 의지할 수 있고, 최소 조건을 갖추고, 그녀가 조금 덜 희생할 수 있는 결혼상대를 찾아낼 수밖에 없었을 것이다. 나의 곰돌이 친구는 인정하지 못했지만, 그녀 입장에서는 곰돌이 친구와의 두려움 가득한 사랑보다는 지금 당장은 낯설더라도 좀 더 안정된 현실을 안겨줄 새로운 반려자에게 기댈 수밖에 없는 처지였을 것이다.

사랑이 주는 상처는 중독성이 있어서 그 아픔을 중간에 포기할 수가 없다. 미련을 갖고 아쉬워하는 친구에게 한 번 더 부딪혀

산산조각이 나 돌아오라고 권했다. 다음날 그는 떠나간 여자친구가 홀로 자취하고 있는 집을 찾아갔고, 무릎을 꿇고 돌아와 달라고 빌었고, 그녀는 경찰을 불렀다.

지구대에서 돌아온 그를 위해 나는 햄버거를 준비했다. 병원 매점에서 파는 싸구려 햄버거였다. 고기는 차갑게 식었고, 양상추는 물에 불린 것처럼 흐물흐물했다. 케첩과 마요네즈가 뒤섞여 이 맛도 저 맛도 아니었다. 다행히 청년은 맛있게 먹어주었다.

나는 그에게 이 햄버거 맛을 잊지 말아달라고 부탁했다. 삶에는 때가 있어 우리가 원하는 그 일이 원하는 그 시간에 이루어지지 않을 때도 있다. 그렇다고 좌절할 필요는 없다. 그것은 실패가 아니기 때문이다. 원래부터 인생에는 성공도 실패도, 승리도 패배도 없다. 우리는 그저 사랑하는 사람을 찾게 되고, 사랑하는 일을 하고 싶어 할 뿐이다. 그 이면에 남는 것은 사랑하는 사람도, 좋아하는 일도 아닌, 살아가는 내가 있다는 깨달음뿐이다. 살아 있다면 우리는 만나게 되고, 찾게 되고, 얻게 된다.

나는 곰돌이 친구에게 넓게 봐줄 것을 당부했다. 그래도 아직까진 청춘이기 때문이다. 장염에서 출발한 작은 세균들이 사람의 몸을 훑어 쓰러뜨리듯 우리 인생은 너무나 약해서 아주 미세한 금만 가도 어느 순간 산산이 부서질 수가 있기 때문이다.

눈앞만 보며 걸어갔다간 언제 그 상처가 시작되었는지 모른다. 처음 금이 간 곳이 어딘지도 찾지 못한다. 패혈증은 장염이 뇌염으로 번져 사망에 이른다. 배탈이 심장마비가 되는 것이다. 인생 또한 마찬가지여서 작은 상처로 인해 인생 전체를 포기하는 경우도 여럿 봤다. 반대로 말하면 우리가 인생 전체를 포기하고 부정하고 불복하는 진짜 원인을 거슬러 올라가면 놀랍게도 별것 아닌 좌절, 누구나 겪게 되는 일상의 생채기가 확대 해석되고 재생산되어 나중에는 돌이킬 수 없는 중병으로 다가오는 것이다.

이달에 곰돌이 친구는 프랜차이즈 햄버거 가게의 부점장이 되었다. 월급은 백사십만 원. 새로 오픈했다는 문자를 받고 일부러 찾아가서 입에 맞지도 않는 햄버거 한 개를 먹고 왔다. 빵은 부드럽고 그 안의 고기는 따뜻한 육즙으로 가득했다. 야채와 소스가 잘 버무려져 느끼하지 않았다.

다행히 그는 시기를 놓치지 않았다. 남들이 우러르는 거창한 첫발은 아니더라도 남들과 엇비슷한 첫발임에는 틀림없다. 게다가 그에겐 상처에서 회복된 면역력이 더해졌다. 인공적인 주사바늘에 찔려 구걸한 약발이 아니라 그의 삶이 선택해 얻어낸 평생의 자산이다. 삼천 원짜리 햄버거가 삼만 원짜리 비타민보다 내 몸을 더 건강하게 만들어줄 것 같은 착각이 든 이유다.

잠든 청춘이여,
이제 잠에서
깨어나라

직장에 다니는 아들이 평일 오전에 연락도 없이 찾아왔다. 한가할 때 연차를 소진하라는 상사 명령으로 하루 쉬게 되었다는 것이다. 법으로 정해진 휴무도 시키는 대로 따라야 하는 녀석의 처지가 안쓰러워 아내는 오랜만에 솜씨를 부려 아들이 좋아하는 찬으로 상을 차렸다. 평소 같았으면 입안이 미어터져라 집어삼켰을 식성 좋은 녀석이 여간해서 수저를 들지 못하고 밥상머리에서 죽상을 지어 보이고 있었다.

지금 하고 있는 일이 싫지는 않지만 도태되고 있다는 느낌이

든다는 얘기였다. 전공을 살려 택한 직장이니 후회는 없고, 적성에도 맞는다 했다. 그래도 서른 중반, 다달이 나오는 월급에 매인 몸이 되어 정말 하고 싶었던 일을 해보지도 못한 채 나이가 들고, 그렇게 때때로 후회하며 살아가는 건 싫다고 했다. 그렇다고 다 던져버릴 용기도 없단다. 명함에 축적된 직급의 무게는 그 아이의 청춘이 견뎌낸 인내와 불면의 대가였다. 그의 목숨을 부지시켜주는 월급의 크기는 남은 생애를 책임져줄 유일한 보호막일 수도 있다.

게다가 사회적 시선도 생각하지 않을 수 없었다. 아직 장가도 못간 놈이 멀쩡한 직장을 팽개치고 가출하듯 세상에 뛰쳐나와 처음부터 다시 시작해야 한다면 어떤 여자가 좋다고 할까? 결국 현실을 받아들여 가정을 꾸리게 될 것이다. 이런 자신의 선택이 이기적이고 어리석은 충동으로 비춰지지는 않을까 두렵기도 하고, 무엇보다 '너무 늦지는 않았을까?'라는 망설임이 발목을 잡는다고 했다.

모처럼 아비에게 고민을 토로하는 아들을 데리고 집 앞에 새로 생긴 자전거도로를 따라 근처 방죽까지 걸어갔다. 두 시간 남짓 아들과 함께 걸으며 고등학교 졸업식 날, 처음이자 마지막으로 우리 부자父子가 단둘이 갔던 미술관 이야기를 꺼냈다. '한국의 고갱'으로 불리는 이인성(1912~1950) 화백의 전시회였다.

그날 아들 녀석은 〈가을 어느 날〉이라는 제목의 그림 앞에 한참을 서 있었다. 진흙처럼 까무잡잡한 피부를 가진 여자가 윗도리를 벗어 가슴을 드러낸 채 구름 낀 하늘 밑에서 웃고 있는 그림이다. 사내놈 아니랄까 봐 하고많은 명작 중에서 하필 반라半裸의 여인에게 관심을 보이는구나 싶어 감상한 느낌을 물었더니, 여인 곁에서 누렇게 시들어가는 해바라기를 가리켰다. 까닭은 모르겠는데 막막하고 서글프다는 것이다. 금방이라도 울 것 같은 얼굴로 아들은 나를 보며 어색하게 웃었다.

　십수 년이 흐른 그날, 부자는 그날을 추억하였다. 생명이 필떡이는 가슴을 드러낸 여인과 영원할 것 같은 푸른 하늘, 보기만 해도 뿌듯해지는 곡식이 가득 찬 바구니를 바라보면서도 어린 아들은 결실의 계절 가을에 강렬했던 여름을 빼앗긴 해바라기의 서러움을 가슴 쓰려했다. 그때의 열여덟 살 소년이 어느덧 서른다섯, 이제는 시듦을 고민하는 해바라기가 되어 내 앞에 서 있다. 그 모습이 막막하고 서러워 보였다. 십육 년 전의 아들은 그림 속 해바라기가 자신의 미래가 될 수도 있음을 예견했던 것은 아닐까.

　"지금 네 마음 밑바닥에 가득 찬 것들을 되돌아보렴. 그 차오르는 것이 네가 가진 힘이다."

　인생이라는 중압감이 날로 더해지는 이유를 모르겠다며 불안해하는 아들에게 터널 같은 삶 속에서 여전히 헤매고 있는 내가 해준 유일한 위로였다.

'티핑 포인트Tipping Point'라는 말이 있다. 말콤 글래드웰의 동명 저서가 베스트셀러가 되면서 유명해진 말이다. 원작자인 말콤 글래드웰의 표현을 빌리자면 "예기치 못한 일들이 갑자기 폭발하는 어느 한 순간"을 말한다. 지겹도록 지속되던 똑같은 나날들, 그런 현실에 고여 있던 내 안에서 어느 순간 엄청난 힘이 솟아올라 인생을 바꿔버린다. 전염병처럼 나의 일상, 나의 관계, 나의 미래를 바꿔버리는 것이다. 그 솟구침은 놀라운 폭발력으로 고착된 환경을 바꾸고 멈춰버린 꿈에 시동을 거는 동력으로 작용한다.

가난해서 정규교육이라곤 받아본 적 없던 열일곱 살 이인성은 농사일을 거들며 틈틈이 밤에 그림을 그려 출품했는데, 조선미술전에 입선해 세상을 놀라게 했다. 기본적인 스케치조차 배워보지 못한 열일곱 소년의 수채화에서는 기성의 감성과 다른 열정이 느껴졌다.

재즈 카페를 운영하던 청년 무라카미 하루키는 어느 날 프로야구 경기를 관람하다가 외야로 쭉 뻗어가는 타구를 보고 갑작스런 충동에 이끌려 문 닫은 카페 탁자에서 펜을 들었다. 그의 나이 서른이었다. 《바람의 노래를 들어라》라는 데뷔작은 그렇게 시작되었다. 무라카미의 첫 작품이 등장했을 때 일본 문단은 작가의 감성이 놀이공원 풍선처럼 종잡을 수 없이 가볍다며 문학을 모르는 아마추어의 깜짝 등장이라고 폄하했다. 하지만 결과는 우리 모두 알고 있듯이 아시아를 대표하는 인기 작가의 탄생이었다. 그는 현재 노벨문학상 후보로까지 거론되고 있다.

이런 사람들은 타고난 재능을 가진 특수한 케이스일 수도 있다. 그러나 우리에게도 이인성이나 무라카미 하루키만큼은 아니지만, 특별한 열정이 솟구칠 때가 있다. 삶에 대한 열정이 있는 사람에겐 도저히 참을 수 없는 가능성의 분출이 있게 마련이다. 아쉽게도 우리 사회가 이런 분출을 그냥 두고 보지 않는다는 게 슬플 뿐이다.

희망은 어디에나 있지만, 보려 하지 않는 사람에겐 절대로 보이지 않는 것이 희망이기도 하다. 미움을 키워나갈수록 감정은 메마르고, 살아 있는 이웃이 아닌 컴퓨터 게임 속 화면의 그림자에게 사랑과 헌신을 나눠줌으로써 채워지지 않는 갈망을 마비시킨다.

나의 작은 가슴속에서 무엇이 자라나려 하는지 귀를 기울여야 한다. 눈을 감고 사람들의 심장소리를 들어봐야 한다. 한밤중에 내리는 눈발에도 음성이 있다. 듣기를 원하면 보이지 않아도 들린다. 듣지 않는 자는 말하지 못하고, 말하지 않으려는 자는 듣

희망은 어디에나 있지만,

보려 하지 않는 사람에겐

절대로 보이지 않는 것이 희망이기도 하다.

미움을 키워나갈수록 감정은 메마르고,

살아 있는 이웃이 아닌

컴퓨터 게임 속 화면의 그림자에게

사랑과 헌신을 나눠줌으로써

채워지지 않는 갈망을 마비시킨다.

지 못한다. 내 안에 귀를 기울이는 것과 동시에 나 자신에게 말해 줘야 한다. 내가 누구인지, 무엇을 하려고 하는지.

경제는 언제나 위기였다. 그리고 우리는 늘 사회적 약자였다. 밝은 미래가 있느냐고 묻는다면, 웃어버리겠다. 머리를 노랗게 물들인다고 그 안의 생각들이 현란해질까? 귀를 뚫고 바지를 찢는다고 이 꽉 막혀버린 장벽들이 내 앞에서 허물어질까? 고막이 찢어지는 나이트클럽의 음악소리가 이 답답한 영혼을 후련하게 만들어줄 수는 없다. 곳곳에서 울려대는 휴대전화 소리에 나는 분노한다. 무선無線에 잠식당한 가공된 연결은 진실에 닿지 못한다.

대자보 몇 자를 적어놓고 젊음의 의무를 저버리지 않았다는 자기기만은 루쉰이 그린 '아큐'를 닮았다. 혁명당원을 자처했으나 도둑으로 몰려 총살당하는 아큐 말이다. 책을 읽는 나의 세대가 컴퓨터와 영상매체를 통해 지식을 얻는 젊은 세대에게 지는 일은 없을 것이다. 수동적으로 받아 안은 '정보'의 양이 아무리 방대한들 능동적으로 섭취한 한 줌의 '지식'을 절대로 이기지 못한다.

에릭 홉스봄은 《극단의 시대》에서 우울한 미래의 원인으로 하위문화에 대한 청년세대의 무분별한 수용을 꼽았다. 과거의 청년문화가 판매였다면 현재의 청년문화는 구매다. 내가 젊었을 때 우리는 돈이 없었다. 그래서 우리는 젊음을 팔았다. 쎄시봉에서 노래를 부르고, 김봉남은 앙드레김이 되어 남자가 여자 옷을 만들어 파는 시대를 개척했다.

그에 반해 지금의 젊음은 구매가 목적이다. 그들은 학벌을 사고, 토익점수를 사고, 스펙을 사고, 어학연수를 사고, 결혼을 산다. 나를 만들어 팔기보다는 돈 주고 사서 나를 채우려 든다. 과거의 자유와 평등이 다수를 위한 민족과 반독재로 불렸다면 지금은 개인이 지닌 자유로운 욕구의 실현으로 축소되었다. 자유는 '더불어' 가져서는 안 되는 '나만의' 것이 되어버렸다. 하위개념인 욕구가 인류 공동체의 토대인 자유와 동격이 되는 세상을 보게 될 줄은 몰랐다.

사회가 우리의 목소리를 빼앗고 소비의 주체로 만든 것 아니냐고 따진다면 할 말은 없다. 부모세대가 청년을 수단 삼아 이윤을 쌓아왔음을 부정할 수 없다. 대학을 졸업해도 백수로서의 삶이 기다리고 있을 뿐이라는 현실도 부정하지 않겠다. 그런 세상을 만든 게 우리였음을 모른 척할 생각도 없다.

구직활동을 포기한 비율의 증가가 이십대에서 가장 높았다는 기사를 보았다. 청년실업은 심각한 문제의 수준을 벗어나 국가의 흥망을 좌우하는 백년대계百年大計의 문제가 되었다.

그렇지만 나는 믿고 싶은 것이다. 내 아들은 죽은 게 아니라 그저 잠든 것뿐이라고. 너희는 죽은 게 아니라 잠든 것뿐이라고 나는 믿고 싶은 것이다.

신약성서 〈마태복음〉에는 죽은 소녀를 살리는 예수 그리스도가 등장한다. 소녀의 죽음을 확인한 일가친척들이 곡을 해대자 예수는 소녀를 위해 울지 말라며 죽은 것이 아니라 잔다고 말한다. 초상난 남의 집에 와서 그 무슨 해괴망측한 소리냐고 비난하는 사람들을 물리치고 예수는 죽은 소녀의 손을 잡아 일으키며 나직한 목소리로 속삭인다.

"소녀야, 일어나라."

그러자 거짓말처럼 소녀는 눈을 비비며 잠에서 깨어났다.

청춘이여, 일어나라.

아무도 그런 말을 해주지 않았을 것이다. 부모도, 학교도, 직장도, 세상도 우리가 잠에서 깨어나기를 바라지 않기 때문이다. 죽은 듯 누워서 원하는 대로 복종하기만을 바란다.

하지만 소녀는, 청춘은 죽은 게 아니라 잠든 것이다. 아들은 누군가가 자기를 찾아와 깨워주기만 기다리고 있으나, 그 기다림이야말로 아들이 바라던 '그'가 아닐까? 잠은 충분히 잤으니 이제 그만 잠자리에서 일어나야 하는 것 아닐까 하는 두려움이야말로 "일어나라!"는 외침이라고 나는 확신한다.

part 2

너희들 잘못이 아니야

월급

이백만 원이

소원인 세상

나는 강원도 원주에 살고 있다. 서울에서 태어나 기껏해야 수원 근방까지 내려가 살았던 게 전부였던 내가 원주에 정착한 지도 어느새 이 년이 조금 넘었다.

원주 흥업면인데, 여기는 좀 특이한 동네다. 원주 시내와는 꽤 거리가 있는 근교임에도 4년제 종합대학 세 개가 모여 있는, 지방에서 좀처럼 구경하기 힘든 교육 동네다. 연세대학교 원주캠퍼스와 한라대학교, 강릉원주대학교 원주캠퍼스가 서로 오 분 거리에 있다.

그런데 신기하게도 이들 학교 주변에 유흥가가 조성되어 있지 않다. 근처에 대학교 하나만 있어도 술집이 난장인데, 여기는 대학교가 세 개나 붙어 있는데도 그럴싸한 호프집 하나 구경할 수가 없다. 다들 공부에 미쳐 있나 보다.

내 지갑에는 이 세 학교 도서관 출입증이 떡하니 들어 있다. 각 학교 도서관에 내가 번역하거나 펴낸 책을 기증하고 얻어낸 수확이다. 번역가이자 작가인 내 직업을 인정해준 학교 측에서 도서관 이용뿐 아니라 예외로 도서 대출까지 허용해준다. 특히 여간해서 구하기 힘든 일서日書 등은 전국 대학도서관을 뒤져 복사본까지 만들어 구해다 주기도 한다.

이렇게 젊은 친구들 틈바구니에서 번역도 하고 글도 쓰고 책도 읽다 보면 나이를 잊는다. 이들 중에는 대학을 졸업하고 작가의 길을 걷게 될 친구도 있고, 일어번역가로 나설 친구도 있고, 출판사 편집자가 되어 나와 마주치게 될 친구도 있을지 모른다. 그중 작가와 번역가로 나서게 될 친구들은 잠재적인 나의 경쟁자다. 그 젊고 싱싱한 머릿속을 내가 무슨 수로 따라잡을 것인가. 비록 지금은 내가 전문가를 자처하고 시장을 선점하는 기성 작가이기는 해도 내겐 시간이 얼마 남지 않았다. 더군다나 내가 그들보다 나은 점은 더 오랫동안 '글밥'을 먹었다는 알량한 경험뿐이다.

경험으로 상대를 압도할 수 있는 기회는 매우 제한적이다. 경험은 누구에게나 허락된 기본조건 같은 것이기 때문이다. 문학이든 장사든 직장이든 남과 다른 개성적인 발상이나 능력 없이는 밑천이 드러나게 마련이다. 그리고 어느 바닥에서든지 밑천이 드러나면 그때부터는 얕잡아 보이게 된다. 싸구려가 된다는 뜻이다.

어린 대학생들은 호기심 가득한 눈으로 두꺼운 원서를 펼쳐놓고 손때가 묻어 새까매진 사전을 뒤적거리는 늙은 할아버지를 신기하게 쳐다본다. 게다가 이 할아버지가 자리에 한번 앉으면 여간해서는 엉덩이를 떼지 않는다. 툭하면 자리에서 일어나 커피를 뽑아오고, 휴대전화를 만지작거리고, 귀에 이어폰을 끼는 자기들과는 영 다른 품새에 놀랍기도 하고 자극도 받는 모양인데, 나로 말하자면 '너희한테 질 수 없다.' 딱 이 마음 가지고 소피所避 보러 가고 싶은 것도 참는다.

그래도 기특한 건 다들 열심히 공부한다는 점이다. '먹고 대학생'이라는 말이 무색하게 밤늦도록 도서관을 떠날 줄 모른다. 늘 도서관은 만원이다. 자리를 차지하고 있는 내가 미안해질 정도다. 그 초롱초롱한 눈망울을 보고 있노라면 사회에 나가 술에 취하고, 상사에게 상처받고, 돈에 찌들어 황태 눈깔처럼 퀴퀴해질 미래가 오지 않았으면 싶다. 사람이 죽을 때까지 저 젊은 눈빛으로 살아갈 수 있다면 얼마나 좋을까, 상상해본다. 그런 눈빛들이 세상을 가득 채운다면 지구가 얼마나 아름다워질까, 그려본다.

간혹 착한 여학생들 중에는 내 옆자리에 앉았다는 불운(?) 때문에 아까운 삼백 원을 커피 값으로 추가 지출하는 경우도 생긴다. 선잠을 깨보려고 커피를 뽑아 자리로 돌아왔는데, 옆자리의 할아버지 안색이 눈에 거슬리는 것이다. 툭 치면 금방이라도 자리에서 쓰러질 것처럼 바싹 여윈 노인네가 일어사전을 펼쳐놓고 몇 시간씩 뭔가를 열심히 적어대는 게 안쓰러워 진한 블랙커피 한 잔 뽑아주는 선심을 베푸는 것이다. 그 커피 한 잔이 내겐 보약이다.

그날은 이상하게 잠이 오질 않아 밤 열 시가 다 된 시간임에도 한라대학교 도서관에 똬리를 틀고 앉아 있었다. 중간고사 직전이라 학생들이 제법 많았다. 내 옆자리는 온종일 비어 있었는데 열 시가 다 된 시간에 스물둘쯤으로 보이는 귀엽게 생긴 여대생이 찾아와 자리에 앉았다. 광고학과에 다니는지 마케팅 어쩌고 하는 책을 펼쳐놓는다. 페이지마다 글씨가 잔뜩 적힌 포스트잇이 붙어 있다.

십 분도 안 돼 여학생이 자리에서 일어나더니 커피 두 잔을 뽑아왔다. 한 잔을 내게 건네며 피곤하실 텐데 이거 드시면서 좀

쉬시란다. 사람은 자기를 기준으로 말하는 버릇이 있다. 내가 피곤한지 어쩐지 그 학생이 어찌 알까? 그저 자기가 피곤하니까 나도 피곤할 것으로 여겼으리라. 고맙다며 커피를 받아들고 저녁에 먹다 남긴 빵 조각을 가방에서 꺼냈다. 달달하게 먹으면서 공부하라고 건네자 생긋 눈웃음 한 번 지어보이고는 잘 먹겠다는 말도 없이 허겁지겁 입안에 털어 넣는다. 저녁을 못 먹었는데 마침 잘 됐다는 것이다. 그 말이 하도 웃겨서 지금도 그 여학생을 기억하고 있다.

왜냐하면 그 여학생이 처음 도서관에 들어올 때부터 고기 냄새가 진동했기 때문이다. 나는 이 밤중에 학생들이 복도에서 고기를 구워 먹나 싶었다. 알고 보니 그 여학생 몸에서 나는 냄새였다. 나는 고기를 좋아해서 냄새만 맡아도 돼지고기를 구웠는지, 소고기를 구웠는지 단박에 알 수 있다. 그 여학생 몸에서 나는 냄새는 분명 소고기 냄새였다. 초저녁부터 거하게 고기를 구워먹고 온 티가 제 몸에서 풀풀 나는지도 모르고 그녀는 늙은이를 놀리려는 것처럼 저녁을 못 먹었는데 잘 됐다면서 롤빵 하나를 게 눈 감추듯 집어삼킨 것이다.

묘한 학생도 다 있다 싶기도 했고, 또 왠지 궁금하기도 한 게 있어 그 학생에게 물었다. 저녁에 맛난 소고기 좀 굽다가 온 모양인데 고기 먹느라 밥은 못 먹었느냐고 말이다. 그러자 그 학생의 눈이 참외만 해지더니 오히려 내게 되물었다. 자기를 봤느냐는 것이다. 나는 또 이게 무슨 소린가 싶어 원주에서 제법 유명한 아가씨냐고 되물었다. 우리 둘 사이에 잠깐 침묵이 흐르는가 싶더니 뒤늦게 그 학생이 까르르 웃기 시작한다. 눈물이 날 때까지 웃는다. 너무 심하게 웃어 급기야 허리에 담이 오는지 주먹으로 자기 등을 퍽퍽 때려가며 웃는다.

설명인즉, 학교 근방의 대형 마트 정육 코너에서 수입 소고기 시식 아르바이트를 하고 있는 중이라는 것이다. 그날도 열두 시에 수업 마치고 오후 한 시부터 밤 아홉 시까지 쉬지 않고 고기를 구웠는데, 다다음주가 중간고사라 새벽까지 공부하고 갈 요량으로 도서관에 들렀다는 것이었다. 자기를 봤느냐고 물어본 건 아르바이트하는 마트에 혹시 내가 들렀나 싶었기 때문이었다.

직원 식당에서 삼천 원씩 내고 저녁 먹는 게 아까워 시식 도중에 직원들 눈치 보며 몇 점 주워 먹긴 했는데 대학교 3학년, 스물둘 나이에 새끼손톱만큼 잘라놓은 호주산 목등심 몇 점이 허기진 배를 채워줄 리 만무했다.

고향은 홍천, 같은 과 친구들 넷이 방 두 개짜리 오피스텔을 빌려 자취한 지는 3개월째. 다행히 2학년 때 성적이 좋아 3학년

1학기 수업료는 면제받았다고 했다. 그러나 여름방학에 서울의 광고회사 인턴으로 뽑히면 생활비가 필요할 것 같아 두 달간 아르바이트를 하게 되었단다. 아르바이트는 목요일부터 일요일까지 한 주에 나흘. 토요일, 일요일에는 열두 시부터 밤 열 시까지다. 수업은 목요일 오전까지 듣는데 목요일 오후 한 시부터 아르바이트가 시작되므로 수업을 월, 화, 수에 몰아놓은 탓에 아침 여덟 시부터 저녁 일곱 시까지 강의를 들어야 한다. 그러니까 이 어린 친구에겐 휴일이란 게 없다. 월요일에서 수요일까지는 아침부터 밤까지 학교에 있고, 목요일에서 일요일까지는 마트에서 온종일 고기를 구워야 한다.

그렇게 일하고 손에 쥐는 한 달 월급은 백만 원이 조금 넘는다. 여자에게 이십대 초반은 황금기다. 인생의 절정이며 영원토록 회자될 추억이다. 그 귀하고 귀한 시간을 그녀는 백만 원 남짓의 돈과 저녁 일곱 시까지 이어지는 수업에 헌납했다.

남자친구는 언제 사귀냐고 물었더니 사귄 지 백 일된 남자친구가 있다고 한다. 그 바쁜 시간에도 연애할 생각이 있어 다행이라고 생각한 순간, 군대 간 지 3개월째란다. 아무리 늙었어도 나 역시 생물학적으론 남자다. 어쩔 수 없이 그녀의 남자친구가 걱정되었다. 이렇게 예쁜 여자친구를 사회에 두고 막사에서 잠은 제대로 올까? 선임들이 갈굴 때마다 여자친구의 목소리가 얼마나 그리울까?

나도 군대에 있을 때 여자친구가 있었다. 한국전쟁이 거의 끝나갈 무렵이었는데 해군에 입대하고 일 년쯤 지나서 그녀에게서 헤어지자는 편지가 왔다. 훗날 기자가 되었을 때 우연히 만났다. 그때 왜 그랬느냐고 물어보았더니, 그녀의 대답이 걸작이었다. 전쟁통에 언제 죽을지 모르는 애인을 일 년쯤 기다려준 것으로 자기 할 도리는 다했다는 생각이 들어 선을 보아 지금의 남편과 결혼했다는 것이다. 나는 그녀가 일 년이나 나를 버리지 않고 기다려준 것을 확인한 뒤에 그녀에 대한 믿음이 커졌고 제대 후의 미래까지 그렸었는데……. 여자와 남자의 생각이 이만큼 다르다.

여학생에게 졸업 후에 꿈이 뭐냐고 물었다가 후회했다. 순진하고 귀여운 아가씨라 조금은 허황된, 하지만 젊으니까 얼마든지 이해해줄 수 있는 거창한 미래를 듣고 싶었는데, 한 달에 이백만 원씩 버는 게 꿈이라는 대답에 맥이 탁 풀렸다. 월요일, 화요일, 수요일은 학교에서, 나머지 목요일, 금요일, 토요일, 일요일은 마트에서 하루 아홉 시간씩 선 채로 고기를 굽는 고되고 빡빡한 삶이 고작 돈 이백만 원 때문이라는 대답은 정말이지 듣고 싶지 않았다.

이번 주 일요일은 마트 정기휴무라 홍천에 계신 부모님을 만나러 갈 수 있다며 그녀는 세상 다 가진 행복한 표정으로 웃어 보였다. 이 피곤한 삶 속에서 가족은 그녀의 유일한 안식처이자 위로일 것이다. 화장도 하고 싶고, 예쁜 옷도 사 입고, 근사한 레스토랑에서 멋도 부리고 싶은 욕심을 꾹 참고 단 돈 삼천 원짜리 저녁마저 마다하는 까닭은 홍천에 계신 부모님에게 손 벌리고 싶지 않아서란다. 멀리서 공부하는 어린 딸에게 부모님이 미안해하시는 건 차마 볼 수 없다고.

주말의 대형 마트 정기휴무 때문에 누군가는 퇴근 후 피곤한 몸을 이끌고 평일 밤에 장을 봐야 한다. 반대로 마트에서 일하는 누군가는 잠시의 해방을 누린다. 권리를 말하기 전에, 권리까지 이르는 길이 너무 고되다. 그 고됨을 홍천에서 온 스물두 살 그녀는 아홉 시간씩 서 있느라 퉁퉁 부운 종아리를 통해 배웠을 것이다. 그녀의 다리가 단단해질수록 세상은 더 무거운 숙제와 책임과 의무를 그녀의 어깨 위에 쌓아갈 테고, 그렇게 무거워진 몸으로 그녀는 누군가를 짓밟고 올라설 수도 있다. 쓰러지지 않기 위해 이웃이라느니, 유대라느니, 희생과 동정이니 하는 것들을 버리게 될지도 모른다. 생존의 습득에만 익숙해지는 불행한 삶을 살아가게 될지도 모른다.

그러나 누가 그녀를 불행하다 할 것인가. 그 누가 우리 인생을 불행하다고 말할 수 있을 것인가. 불행을 운운하기 이전에 생존하지 못한 자에 대한 세상의 박해가 너무 크다.

나는 그 여학생이 한 달에 이백만 원씩 벌게 되기를 기도한다. 좋은 남자를 만나 행복한 가정을 꾸리게 되기를 기도한다. 좋은 엄마가 되어 그녀의 아이들로 인하여 사람들이 기뻐할 수 있게 되기를 기도한다. 우리 세대가 만들어낸 세상보다 더 나은 세상을 만들어주기를 기도한다.

그 학생에게 나의 이런 소망을 고백하고 싶었지만, 그런 축복마저 쌓을 곳 없어 보이는 무겁게 꽉 찬 뒷모습이 내 입을 가로막았다. 홍천에서 온 편지에는 추신을 써줄만한 여백조차 남아 있지 않았다.

우리는

모두

목이 마르다

내 생애 첫 직장은 동화통신이었다. 동화통신은 우리나라 최초의 통신사로 종전終戰 이듬해인 1954년에 설립되었다. 미국의 AP통신, 뉴욕타임스, 영국의 로이터 등과 수신계약을 맺고 전 세계 소식을 국내에 보급하는 전초기지 역할을 담당했다.

대학을 졸업할 때 즈음 직장을 알아보다가 이 험난한 시국에 문학도로서 사명감 있는 일을 해보는 게 어떻겠느냐는 선배의 조언을 듣고 기자가 되기로 마음먹었다. 물론 이것은 표면적인 가설일 뿐이었다. 속내는 당시에 끗발깨나 서는 직업이 군인과 고위공무원이었는데, 전쟁통에 의용군과 국군을 모두 경험해본 나로서는 체질적으로 명령계통에 머물러서는 안 되겠다는 자각이 있었다. 사법고시, 외무고시, 행정고시 같은 필기시험 통과는 소설책만 봐온 터라 자신이 없었고, 그나마 이들과 비교했을 때 수입은 좀 달리더라도 어깨에 뽕 좀 넣은 것처럼 옆에 나란히 서서 내 할 말 다 할 수 있는 직업이 신문기자여서 선택한 것이기도 했다.

피 끓는 이십대 시절에 내가 마주한 세상은 폐허였다. 가는 곳마다 전쟁고아, 상이군인이 넘쳐났고, 인생에 한 번뿐인 대학 졸업식마저 건물이 폭격을 맞아 무너져 내려 그 추운 날씨 속에 천막에서 치렀다.

'대한민국'이라는 나라 이름마저 아직 낯설었던 때다. 여전히 조국하면 '조선'이라는 이름이 먼저 떠오르는 게 당연하던 시대였다. 내 또래 젊은이들에겐 사명이랄까, 숙명이랄까, 하여튼 운명처럼 짊어져야 했던 목표 같은 게 있었다. 더는 이 지긋지긋한 환난을 반복하지 않도록 내 손으로 뭐든 이뤄내고야 말겠다는 다짐이었다. 다시는 누가 내 부모를 '조센징'이라 부르지 못하게끔 만들고, 내 아들은 교복차림에 소총을 메고 수류탄이 발밑에서 터지는 전쟁터 한가운데를 돌아다니지 않게끔 만들고, 내 딸은 한글도 몰라 죽을 때까지 자기 이름 석 자가 어떻게 생겼는지도 모르는 무식쟁이로 키우지 않겠다는 다짐이었다. 무엇보다도 내 식구 중 누구 한 사람도 배곯아 죽는 일은 없도록 하겠다고 맹세했다.

그때는 삼성도, 현대도, 네이버도 없었다. 애플이 사과라는 것도 몰랐고, 집에 주판이라도 있으면 큰 자랑거리가 되었던 시절이다. 지금이야 고교졸업생 중 90퍼센트 이상이 대학에 진학하는, 세계에서 대학진학률이 가장 높은 국가가 되었지만, 불과 육십 년 전만 해도 대학졸업생을 모셔가기 위해 관공서, 회사마다 눈에 불을 켜고 집까지 쫓아오곤 했다.

그때 고르고 골라서 택한 첫 직장이 동화통신이었다. 남과 북으로 갈라져 쑥대밭이 된 보잘것없는 현실에서 벗어나 세계가 어떻게 돌아가고 있는지, 나와 피부색이 다르고 언어가 다른 사람들은 무슨 생각, 무슨 꿈을 좇아 나와 같은 시대를 살아가고 있는지 알고 싶었다. 거기서 이 답답한, 그러나 부정할 수 없는 내 청춘을 보상받게 되기를 꿈꿨다.

나와 절친했던 친구는 독일 유학을 택했다. 그곳에서 철학 공부로 박사가 되었고, 교수가 되어 독일 젊은이들에게 인생을 가르쳤다. 나는 육남매 중 장남이었고, 집은 가난했으며, 다른 세계에 몸을 부딪쳐 모험을 떠날 각오가 없었다. 그렇다고 내 선택이 패배를 자인한 것이라고는 생각지 않는다. 타협이라고도 생각지 않는다. 당시 나로서는 최선의 선택이었다고 본다. 딱 하나 아쉬운 것은 월급이 제때 나오지 않는다는 점이었다.

1950년대 한국은 세계에서 가장 가난한 나라였다. 나라가 빈털터리였다. 그러니 광고로 먹고사는 언론사도 돈에 쪼들리는 것이 당연했다. 그래도 직원들에게 먹고살 돈은 줘야 하는 것 아니냐는 불만이 터져 나왔다. 그 불만이 쌓이고 쌓이면 몇 달에 한 번씩 선심 쓰듯 월급이 나왔다. 그마저도 며칠에 걸쳐 찔끔찔끔 던져주는 것이었다. 그럼에도 불구하고 우리는 기사를 썼다. 인터뷰를 나가고, 야근을 밥 먹듯이 하고, 기사 한 줄을 마치 시 한 편처럼 퇴고하고 또 퇴고했다. 중력과도 같은 마감은 늘 고통스러웠다. 무사히 다음날 조간이 나오면 어김없이 근처 대폿집에서 외상술을 마셔댔다. 내일은 없었다. 절망적이었던 어젯밤이 오늘 새벽까지 이어질 뿐이었다.

동료 중에 훗날 국회의장을 지낸 이만섭이라는 친구가 있었다. 똑똑하고 혈기왕성했던 친구다. 어느 날 그 친구가 폭발했다. 굶어죽지 않게는 해줘야 하는 것 아니냐는 분노였다. 그러자 편집국장이 이렇게 나무랐다.

"자네들, 돈 벌려고 여기 들어왔나?"

이러다간 정말 가족과 함께 굶어죽겠다는 젊은 기자의 하소

연에 미제 지프차를 끌고 다니던 편집국장은 돈밖에 모른다며 나무랐다. 기자는 돈으로 먹고사는 사람들이 아니라면서 너희에겐 진실이 필요하다고, 진실에 대한 굶주림을 두려워하라고 타일렀다. 그러고는 다음 국회의원 선거에서 공천을 받기 위해 거물 정치인과 점심 먹기로 약속한 고급 요정으로 쏜살같이 내뺐다.

그 뒷모습을 바라보며 동료 기자가 혼잣말처럼 중얼거렸다.

"자기 차에 넣을 기름 값이면 우리 식구들 보름은 먹고 살 텐데……."

몇 해 전에 젊은 시나리오 작가가 세상을 떠났다. 그녀가 남긴 유서랄까, 생애 마지막 남긴 글은 이랬다.

사모님, 안녕하세요.

1층 방입니다.

죄송해서 몇 번을 망설였는데

저 쌀이나 김치를 조금만 더 얻을 수 없을까요.

번번이 정말 죄송합니다.

2월 중하순에는 밀린 돈을 받을 수 있을 것 같아서

전기세 꼭 정산해드릴 수 있게 하겠습니다.

기다리시게 해서 정말 죄송합니다.

항상 도와주셔서 정말 면목 없고 죄송하고, 감사합니다.

-1층 드림

　지금껏 살아오면서 젊은 작가들의 죽음을 숱하게 보았다. 세상이 자기를 몰라준다며 자살한 친구도 있고, 연탄불마저 꺼진 방에서 차갑게 식어버린 후배도 있다.

　그렇게 또 한 명의 작가가 목숨을 잃었다. 세상은 '남는 밥 좀 주오'라는 제목으로 그녀의 죽음을 대서특필했다. 그녀의 마지막은 '작가의 죽음'이 아닌, '굶어 죽은 작가'로 덧칠해졌다. 가난, 질병, 복지 사각지대, 젊은 예술인들의 비참한 생활, 최저임금, 한 달 수입 백만 원 남짓, 낮에는 벽돌 나르고 밤에는 그림 그리고…….

　애도인지 구경거리인지 나는 잘 모르겠다. 분명 비극일 테지만 시간이 지날수록 마음은 차가워지고 가슴 아픔은 잠깐 스쳐가는 이슬이 된다.

　나는 결국 동화통신을 뛰쳐나왔다. 4·19혁명이 일어나기 얼마 전이었다. 월급이 보장되는 신문사를 찾다 보니 당시 이승만 정부 기관지였던 〈서울신문〉의 조건이 가장 나았다. 처음 기자가 되었을 때 선배가 들려줬던 '사명' 따위는 내 머릿속에 더 이상 머물 자리가 없었다. 맨 먼저 진실과 대면할 수 있다는 자부심도 사치로 여겨졌다. 나는 돈을 벌어야 했고, 내게 월급을 줄 수 있는 곳이라면 그곳에서 거짓을 꾸며대더라도 상관없다고 스스로를 합리화시켰다.

〈서울신문〉에 입사해서 내가 쓴 기사들은 민주화를 열망하는 대학생 뒤에 북괴의 공작이 있다는 것, 이승만 대통령은 독재자가 아니라는 것, 세상이 점차 나아지고 있다는 것, 그러니 제발 입 다물고 가만히 있으라는 것이었다. 부끄러움을 이기기 위해 돈을 물 쓰듯 썼다. 이번 달 월급을 받게 되면 다음 달 월급날이 오기 전에 다 써버려야 된다고 생각했다. 그렇게 매일 술 마시러 다니고, 데이트하고, 옷을 사서 꾸며 입어도 내 자신이 자랑스럽지 않았다. 행복하지도, 기쁘지도 않았다.

4·19혁명일에 교복 입은 어린 학생들이 〈서울신문〉 본사로 쳐들어왔다. 독재를 옹호한 신문사를 규탄하기 위해서였다. 나는 동료들과 함께 경찰이 굳게 잠근 정문을 활짝 열어놓고 시위대와 합세했다. 직장을 잃었지만 슬프지 않았다. 몇 달간 백수로 지내게 되었지만 굶주림이 두렵지 않았다.

성서에 나오는 아모스는 '정의의 선지자'로 불린다. 그는 부자들에게 착취당하는 힘없는 백성들에게 머잖아 정의가 강물 같이 흘러넘치는 세상이 도래하리라, 희망을 북돋아준다.

보라 날이 이를지라.
내가 기근을 땅에 보내리니
양식이 없어 주림이 아니며
물이 없어 갈함이 아니요.
여호와의 말씀을 듣지 못한 기갈이라.
그날에 아름다운 처녀와 젊은 남자가 다 갈하여 피곤하리라.

－〈아모스〉, 8장 11절

21세기에도 누군가는 밥을 먹지 못해 죽는다. 먹을 게 지천인 세상임에도 나는 오늘 한 끼가 절박하다. 그러나 이 주림과 목마름은 밥 한 그릇, 김치 한 조각, 시원한 물 한 모금에 대한 절박함이 아니다. 고작 그것뿐이라면 그것 때문에 죽는 것조차 힘든 세상이 되었다. 최저임금 5,210원. 맥도널드 햄버거 하나쯤 사 먹을 수 있다. 그게 다가 아니라고 젊은이들은 나의 무지를 탓할지도 모르겠다.

미군이 먹다 뱉은 햄 쪼가리에 고춧가루를 풀어 끓인 꿀꿀이 죽이라는 게 있다. 대학시절, 인쇄공장에서 새벽까지 파지를 정리하고 받은 일당을 아끼고 아껴 청계천에서 꿀꿀이죽 한 그릇 사먹는 게 그토록 행복했던 시절이 있다. 나중에 번듯한 직장인이 되면 아침, 점심, 저녁 메뉴를 꿀꿀이죽으로 채워 넣겠다는 원대한 포부를 그려보곤 했었다.

오늘 우리 모두는 갈증에 시달리고 있다. 허기짐에 고통스러워하고 있다. 그러나 이 갈증은 물을 마셔도 사그라지지 않을 테고, 이 허기짐은 밥을 먹어도 채워지지 않을 것이다. 왜냐하면 우리가 맞닥뜨린 이 갈증과 굶주림은 물과 양식에 의한 갈증과 굶주림이 아니기 때문이다. 진실은 언제나 보이지 않는 곳에 있다. 그리고 사람의 두 눈은 거울을 의지하지 않고서는 자기 자신을 바라볼 수 없다. 우리는 우리가 보이지 않는 곳에서 살아가고 있는 것이다.

나에 대한 갈증, 나에 대한 허기짐을 내가 아닌 다른 것으로 채울 수 없다. 갖고 싶고, 벌고 싶고, 이루고 싶고, 얻고 싶지만 그러지 못해서 갈증이 나고, 그렇게 될 수 없을 것 같아 좌절하는 게 아니다. 그것은 겉으로 드러난 이유일 뿐, 진실은 내 안에 있다. 누가 그것을 얻으려 하는지, 누가 연봉을 삼천만 원씩 받고 싶어

하는지, 누가 그 회사에 취직하고 싶어 하는지를 정확하게 알아야 한다.

　이 삶을 살아가는 자는 누구인가? 이 삶에서 갈증을 느끼는 자는 누구인가? 그 대답의 주인공이 내가 아닌 부모님, 친구들, 사회와 국가라고 한다면 지금 우리가 찾고 있는 대답은 정답이 될 수도, 배를 부르게 해줄 수도 없다.

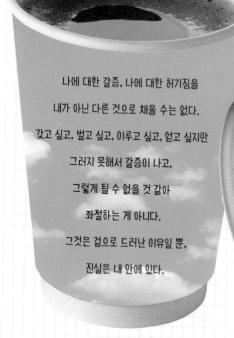

나에 대한 갈증, 나에 대한 허기짐을

내가 아닌 다른 것으로 채울 수는 없다.

갖고 싶고, 벌고 싶고, 이루고 싶고, 얻고 싶지만

그러지 못해서 갈증이 나고,

그렇게 될 수 없을 것 같아

좌절하는 게 아니다.

그것은 겉으로 드러난 이유일 뿐,

진실은 내 안에 있다.

누가 그들을

손가락질할 수

있을까?

청춘이란 인생의 어느 기간을 말하는 것이 아니라

마음의 상태를 말하는 것이다.

장밋빛 뺨, 앵두 같은 입술, 하늘거리는 사태를 말하는 것이 아니라

강인한 의지, 풍부한 상상력, 불타는 열정을 말하는 것이다.

청춘은 인생의 깊은 샘에서 뿜어지는 신선한 정신,

유약함을 물리치는 용기,

안일을 뿌리치는 모험심을 의미한다.

때로는 스물의 청년보다 육십이 된 사람에게 청춘이 있다.

너희들 잘못이 아니야

우리는 나이를 먹음으로써 늙는 것이 아니라

이상을 잃음으로써 늙는다.

세월은 우리의 주름살을 늘어나게 만들지만

열정을 가진 마음을 시들게는 못한다.

고뇌와 공포와 실망 때문에 기력이 땅으로 숨어버렸을 때

마음은 비로소 시들어버리는 것이다.

육십 세이든, 십육 세이든 모든 사람의 가슴속에는

놀라움에 이끌리는 마음.

젖먹이 어린애와 같은 미지에 대한 끝없는 탐구심.

삶에서 환희를 얻고자 하는 열정이 있는 법.

　　사무엘 울만Samuel Ullman의 시 〈청춘〉의 일부다. 사무엘 울만
은 독일에서 태어난 유대인으로 부모를 따라 미국으로 이민한 후
시의회 의원, 기업체 사장, 주州 교육위원, 유대교 랍비로 정열적
인 삶을 살았다.

　　그의 시 〈청춘〉은 작가로 생활했던 미국보다 일본에서 더 유
명한데, 일본 주둔군 사령관이었던 맥아더가 이 시를 좋아했기 때
문이다. 1945년 일본 주둔군 사령관으로 부임한 맥아더는 집무실
벽에 울만의 시를 걸어놓았다. 또 퇴역 후에는 전 세계로 초청연

설을 다니며 울만의 시를 인용했다.

맥아더의 영향 탓인지 울만의 시는 전후 일본인 기업가 사이에서 큰 사랑을 받았다. 특히 마쓰시다 그룹의 창업자 마쓰시다 고노스케에게 이 시는 인생의 좌우명이었다. 새로운 사업을 구상하고 도전할 때마다 〈청춘〉을 읊으며 영감과 격려를 얻었다. 특히 일흔 나이에 노욕老慾이라는 비난을 무릅쓰고 다시금 경영일선으로 복귀하며 던진 첫마디가 바로 이 시였다. 패전 후 경제 복구에 나선 일본인들에게 울만의 시 〈청춘〉은 위로인 동시에 목표였다.

'유약함을 물리치는 용기'라는 울만의 시구에서 영향을 받았기 때문인지는 모르겠으나, 한때 세계 2위까지 올라섰던 일본 경제와 한국 경제를 비교했을 때 가장 큰 차이점은 '기업가의 자살'이다. 일본에서는 배임, 횡령, 사기 등으로 국가와 국민에게 큰 손해를 끼친 기업가들이 자살하는 예가 적지 않다. 이를 두고 명예를 지키기 위한 용기라고 긍정적으로 생각한다. 우리 사회에서는 범죄를 저지른 기업가가 자살한 경우가 거의 없지만, 일본에서는 불과 몇 년 전에도 금융계와 재무성에 뇌물을 바친 기업가 다섯 명이 검찰조사 중에 며칠 간격으로 자살하는 사건이 발생했다.

인류 역사상 자살을 미화하고 숭배한 국가는 일본이 유일무이할 것이다. 할복割腹이라고 해서 명예를 지키기 위해 자기 배를 칼로 직접 가르는 의식이 일본 문헌에 등장한 것은 천 년 전인 헤이안 시대로 거슬러 올라간다. 그러니까 일본은 천 년 가까이 자살을 숭배해온 셈이다. 불과 백 년 전까지만 해도 가이샤쿠닝介錯人: 할복하는 사람의 목을 뒤에서 쳐 주는 사람으로 불렸던 직업이 합법적으로 존재했다.

요즘 유행하는 인터넷 자살 사이트에서 같이 죽을 사람을 모집해 모텔에서 번개탄을 피우거나, 절벽에서 뛰어내리거나, 독극물을 나눠먹는 등의 낯선 자와의 부담 없는 자살은 모두 일본에서 건너온 것이다. 일본에서는 1960년대부터 동반자살이 사회문제로 대두되었다.

경찰청에서 공식적으로 확인한 자살 사이트만 백오십 개가 넘는다고 한다. 마흔여섯 살 치과의사가 스물여섯 살 직장인 여성과 인터넷으로 만나 이메일로 날짜와 방법, 장소를 상의해 동반자살했다. 스물네 살 청년이 인터넷 채팅방에서 동반자살 희망자를 구했고, 열일곱 살 소녀가 응했다. 두 사람은 절벽에서 뛰어내렸으나 여고생은 죽고 스물네 살 청년은 가지에 몸이 걸려 운 좋게(?) 살아남았다.

시대가 달라져서 그런지 자살 양태가 기괴하기 이를 데 없다. 요즘은 동반자살이 대단한 뉴스거리도 못 된다. 너무 흔해졌기 때문이다. 통계에 따르면 IMF 시절부터 자살 사망자 수가 하루 삼십 명을 돌파했다고 한다. 그렇게 매년 자살 사망자가 늘어나 이제는 하루 평균 사십 명을 넘어섰다. 그리고 자살 미수자는 자살자의 열 배에 이른다고 한다. 다시 말해 하루 평균 자살 미수자가 사백 명이 넘는다는 것이다. 한 해 동안 최소 십사만 명이 자살을 시도 하는 세상에서 우리는 살고 있다. 매 시간 열일곱 명씩 자기 목숨 을 끊으려고 시도하는 사람들과 살고 있다.

아마 자살하려는 이유의 대부분은 막다른 골목까지 내몰려 도저히 빠져나갈 길이 없다는 절망감을 이겨내지 못해서일 것이 다. 자기 자신을 살해하는 걸로 모든 책임과 의무와 비난으로부터 완벽하게 구원받을 수 있다고 믿는 것이다.

내 친구 아들이 한강에서 투신자살을 했다. 1996년 겨울이었 다. 서른여섯 살. 그 젊은 나이에 외국계 은행 중역에 오른 자랑스 러운 아들이자, 하나뿐인 아들이자, 모두가 부러워하는 성공한 아 들이었다. 친구는 아들 하나 잘 키웠다는 긍지로 자신의 말년을 채워가는 꿈에 부풀어 있었으나, 믿었던 아들은 이카루스처럼 태 양의 흑점을 목전에 두고 추락했다. 가장 찬란하게 빛나던 시절에 그의 두 날개를 감싸던 밀랍이 녹아버렸다. 주인 잃은 깃털이 강 물 위로 흩날리고, 녀석은 그렇게 말도 없이 떠나버렸다.

어렸을 때부터 실패와 좌절을 모르던 인생이었다. 아름다운 약혼녀도 있었다. 이듬해 봄으로 결혼 날짜까지 잡았다. 누가 봐도 그의 삶은 눈부셨다. 출세, 명예, 부가 보장된 삶이었다.

그러나 친구의 아들은 무한 반복되는 경쟁에 조금씩 지쳐가고 있었다. 아무에게도 말하지 못하고 조금씩 죽어가고 있었다. 물질적 풍요와 사랑과 즐거운 오락도 그의 지쳐버린 가슴을 위로해주지 못했다. 그렇게 기습하듯 녀석은 어느 추운 겨울날 밤에 소주 한 잔 마시지 않은 맨 정신으로 강물에 몸을 던졌다.

책상 서랍에서 발견된 유서에는 "삶의 끝은 어디이고, 결과는 무엇이고, 내 이름으로 살아가는 저자는 누구인가. 그만하자는 환청만 들린다"고 짧게 적혀 있었다. "바스러질 줄 아는 가을 햇살같이, 투명한 공기같이 살고 싶었다"는 소원도 적혀 있었다.

그는 자신의 상처를 다스리지 못해 가족에게 크나큰 상처를 남겼다. 물론 그 누구도 해결 방안을 내놓지는 못했을 것이다. 그래서 최악의 선택을 하고 말았다. 죽은 자는 말이 없고, 모든 잘못은 아직 살아 있는 자들 몫으로 떠넘겨진다. 몇 달 후 친구도 음독을 시도했으나 미수로 그쳤다. 결국 행려병자가 되어 거리를 떠돌다가 남해의 어느 요양병원에서 쓸쓸히 죽음을 맞았다. 아들녀석의 죽음으로 인해 사랑하는 가족의 죽음이 강제로 앞당겨진 것이다. 자살은 혼자만의 죽음이 아닌, 살인의 도구가 되어 누군가의 삶을 망가뜨릴 수도 있음을 고민해봤어야 한다는 책망은 뒤늦은 집착이리라.

그런데 육체의 자살은 오히려 작은 문제다. 집단적·사회적·인류적 차원의 자살기도를 우리는 하루에도 수십 번씩 반복하고 있다. 그 살풍경을 먼 데서 찾을 필요가 없다. 부정부패가 만연한 공직사회, 국민을 입안에 넣어진 고깃점으로 여기는 정치권, 학생을 돈으로 환산하는 교육, '다름'을 '틀림'으로 보고 배척하는 왕따와 괴롭힘, 다수라는 흐름 뒤에 숨어 자신의 편리를 추구하는 이기심은 강제적인 동반자살이나 다름없다. 내 손으로 나의 삶을 죽이고, 그로 인해 남의 삶까지 죽이는 짓이다. 가해자인 나뿐 아니라 피해자인 선의의 이웃까지 내 죽음에 동참시키는 현대판 순장殉葬이다. 과장처럼 들릴지도 모르지만 그게 사실이다. 우리가 저지른 집단자살, 우리가 용인한 사회적 자살이 결국 희망한 육체적 자살로 사람들을 내몰고 있기 때문이다.

우리는 흔히 말한다. 죽을 용기가 있다면 그 용기로 차라리 살아남으라고. 하지만 죽음에 필요한 용기와 삶에 필요한 용기는 별개일 뿐 아니라 비교가 안 된다. 대개는 "죽지 못해 산다." 그러니 죽음에는 더 큰 용기가 필요하다. 자살이라는 극단적 선택을 비난할 수는 있어도 그 용기마저 비난할 수는 없다. 왜냐하면 우리는 비겁자이기 때문이다. 육체를 죽이는 데까지 이를 필요도 없다. 내 안의 잘못된 습관, 생각, 가치관, 편협함, 이기심과 나태를 죽이지 못한 채 스스로 자신의 삶을 무덤으로 내몰고 있는 우리가 당당하게 죽음을 택한 그들을 손가락질할 수 있을까?

우리 안의 이기심과 폭력성을 죽일 생각도 하지 못한 채 타인의 강인함과 부요함 앞에서 굴종과 비겁함으로 연명하며, 사는 게 원래 이렇다고 자포자기밖에 할 줄 모르는 우리가 자신이 처한 부조리한 현실을 깨뜨리는 최후의 수단으로 죽음을 선택한 그들에게 "이런 나도 살아가는데 어째서 너는 살아가지 못하느냐"며 자신의 비참한 삶을 대안으로 제시하는 것이 가당키나 할까?

칼로 배를 가르기는 정말 쉽다. 진정한 용기가 필요한 때는 나의 눈먼 양심에 칼을 심고 지금까지의 악습과 구태에 죽음을 선포하는 것이다. 그것이야말로 세상에서 가장 행복한 죽음이다.

아라비아 사막의 옛 철인哲人은 "나는 날마다 죽노라"고 노래했다. 매일 같이 육체의 죽음과 부활을 반복하는 이교異教의 사술邪術을 자랑하는 게 아니다. 고아와 과부 앞에서 자신이 가진 것을 자랑하지 않고, 부조리한 행위로 쌓은 부를 부러워하는 어리석음을 죽이고, 부당한 권력에 귀와 눈과 입을 닫으려는 비겁함을 죽

인다는 뜻이다. 이것이야말로 세상에서 가장 행복한 죽음의 실천
이며, 날마다 새로 태어나는 부활의 기적이다. 매일 아침 새롭고
강인해진 내가 되어 세상에 나아갈 수 있는 행운이다.

잠들지 않는
여성

세상이 달라졌다고는 하지만, 좀처럼 달라지지 않는 것도 있다. 여성이 선택할 수 있는 '삶의 다양성'이다. 군대와 소방서, 자동차 정비처럼 남성의 전유물이었던 분야까지 여성 진출이 활발하고, 대학입시, 공무원시험, 사법고시 등에서 여성이 남성보다 월등한 성적을 얻어내고 있다.

그러나 여전히 여성으로서의 삶은 결혼, 출산, 양육이라는 형태에서 자유롭지 못하다. 영국의 페미니스트 줄리엣 미첼Juliet Mitchell의 말처럼 여성 해방은 모든 혁명이 이루어진 후 맨 마지막

에나 가능한, 인류 역사상 최후의 혁명일지도 모르겠다.

대다수 여성이 생각하는 불합리하고 불평등한 사회적 시스템은 '인류 최후의 혁명'을 가로막는 핵심 장애물이 아니다. 그보다는 매일, 매순간 여성의 목을 조르고 정형화된 사고와 행동을 요구하는 보이지 않는 의식이 있다. 그리고 이 의식은 반대편에 서 있는 남성의 것이 아닌 여성 자신이 만들어내고 강요해온 것이다. 따라서 이 혁명이 성공하기 위해서는 여성 스스로 자기 발밑을 더듬는 데서 시작되어야 한다.

남성을 변화시키자는 외침이 여성의 삶에 변화를 일으키는 시작이 될 수는 있다. 하지만 여성이 원하는 양성평등의 세상은 남성의 가치관에서 호흡하고, 그것을 비판 없이 수용하며 자기들에게 강요해온 여성의 변화 없이는 도래하지 않는다.

남자는 여자에게 결혼이라는 사회적 안정을 보장하고, 여자는 그에 대한 보답으로 출산을 계약한다. 남자의 아이가 태어나면 그 아이에겐 남자의 성이 부여된다. 만약 아들일 경우 남자의 이름은 아들의 생애를 통해 죽어도 죽지 않는 존재로 거듭난다.

결혼은 본능이라고들 하지만, 현실에서 이뤄지는 결혼이 과연 본능에 의한 것인지는 의문이 든다. "행복하게 해주겠다"는 남자의 말만 믿고 여자는 행복으로 가득 채워질 결혼 생활을 꿈꾼다. 종신보험을 들듯이 여자는 남자의 유혹에 인생을 맡긴다. 내가 어디에서 왔는지, 내가 누구인지는 중요하지 않다. 단지 나를 행복하게 해주겠다는 결혼의 맹세가 실현 가능할지의 여부가 중요하다.

사회제도와 가부장 체제, 그리고 가족이라는 사회적·심리적 제약 속에서 여성이야말로 본래의 모습을 상실한 최대의 피해자가 아닐지 생각해본다.

"행복하게 해주겠다"는 말은 왜 남자의 전유물이 되었을까? 결혼 생활의 행복은 남자에 의해서만 가능하다는 남성 중심의 사고와 남자의 권익을 위해 만들어진 사회제도는 능력 있는 여성, 능력을 발휘하고 싶은 여성을 가로막는 장애물인 동시에 능력이 없다고 생각하는 더 많은 여성의 방주가 되어온 것이 사실이다. 행복을 쟁취할 의무가 없다고 여겼던 다수의 여성에 의해 '행복'은 남성의 것이 되었다. 공기처럼 존재하는 가부장적 성차별에서 배제와 차별은 일상이다. 여성에게 주어진 본래의 여성성과 정체성은 분명 지금 우리가 알고 있는 그것과는 달랐으리라 믿는다.

젊고 씩씩한데다 남성 앞에서 주눅 들지 않는 신세대 여성이 차별을 두려워한 나머지 원래부터 존재하지 않았던 여성성을 미덕과 교양으로 갖추려 노력하는 모습을 볼 때마다 나는 그녀들이 잃어버린, 혹은 아직 발견해내지 못한 진짜 여성성을 내게 보여줬던 두 명의 여인을 떠올리곤 한다. 열여덟 살에 만났던 이화여고 학생과 전혜린이다.

그때는 1948년으로, 나는 아직 고등학생이었고 해방된 지 삼 년이 채 안 되었다. 문학에 뜻을 두고 동인회를 만들어 단편소설을 끼적이고 있을 때였다. 모여서 하는 일이라곤 주로 술 마시고 담배 피우는 게 고작이었지만 말이다.

어느 여름 날 학교 수업을 땡땡이치고 동인회 친구 집에서 점심 삼아 막걸리로 배를 채웠다. 거나하게 취해 시내로 나왔다가 친구들을 만났는데, 이화여고로 농구 구경을 하러 가자는 것이었다. 여고생들이 반바지만 입고 농구를 한다는 소리에 신나서 뛰어갔다. 땡볕이 내리쬐는 운동장에서 내 또래 여고생들이 검정 무명 바지를 종아리까지 걷어 올리고 열심히 뛰어다니는 것이 보였다.

남녀칠세부동석男女七歲不同席이라는 공자 말씀이 여전히 사회를 구속하는 덕목으로 엄존하던 시절이었다. 여학교에 남자까지 불러놓고 맨 종아리를 드러낸 채 보란 듯이 농구공을 튕기며 뛰어다니는 내 또래 여학생들의 도발에 나는 괜히 화가 났던 것 같다.

술기운에 부아가 치민 것인지, 그 대담함에 왠지 모를 위협을 느낀 것인지는 모르겠지만 정신을 차리고 보니 어느새 경기장에

난입해 농구공을 발로 차고 "여자 주제에 이게 뭐하는 짓이냐"며 주사를 부리고 있는 나를 깨닫게 되었다. 나를 필두로 애초부터 잠자코 구경할 생각이 없던 남학생들이 기다렸다는 듯 우르르 경기장으로 뛰어들었다. 이내 난장판이 되고 시합이 중단되었다. 이화여고 선생들이 뛰어나와 소란을 피우는 우리를 제지하려 했지만, 생판 모르는 여학교 교사 앞에서 절절맬 우리가 아니었다.

그런데 겁에 질려 저만치 떨어진 곳에서 어쩔 줄을 몰라 하고 있어야 될 여학생들이 자기들끼리 농구공을 주고받으며 패스 연습을 하는 게 보였다. 우리가 누구 때문에 이 난리를 피우고 있는데, 뵈는 게 없다는 것처럼 공을 주고받으며 시시덕거리는 게 꼴 보기 싫어 다짜고짜 그리로 달려가 또 농구공을 빼앗았다. 칠십 년 전 일이니 내가 무슨 말을 했는지는 기억이 안 난다. 아마도 여자가 이게 뭐하는 짓이냐, 남녀가 다른데 어찌 남우세스럽게 남자 옷을 입고 남자 흉내를 내느냐, 그런다고 너희들 삶이 달라질 것이라고 여기느냐……. 뭐 이런 식으로 비아냥거렸을 것이다.

하지만 칠십 년이 지난 지금에도 내 말에 답했던 여학생의 목소리는 어제 일처럼 똑똑히 기억난다.

"우리는 남자 따위를 흉내 내는 게 아니다. 우리는 너희처럼 되고 싶은 생각이 없다."

어린 마음에도 내가 부끄러워졌다. 남자라는 게 부끄러워졌다. 아들로 태어나서 다행이다, 남자니까 나의 삶은 분명 어머니보다, 여동생보다 더 많은 가능성과 행운과 성공을 보장받으리라 막연히 긍정했던 확신이 창피해졌다.

도망치듯 그곳을 빠져나왔다. 그날 이후 나의 여성관이 바뀌었다. 그때부터 남자보다 여자를 더 좋아하게 되었다. 동료로서, 동반자로서 남자보다 여자를 더 믿고 의지하게 되었다는 이야기다. 나는 지금도 남자를 믿지 않는다. 여자만 믿는다. 세상의 진짜 주인공은 여자라고 믿는다.

딱 한 명, 지금까지 살아오면서 내가 믿었던 그 진실을 몸소 확인시켜준 친구를 알고 있다. 전혜린(1934~1965)이다. 그녀는 탁월한 수필가이자 번역가였다.

나보다 네 살 어린 그 친구를 처음 만난 건 문인들과의 술자리에서였다. 수학을 빵점 맞고도 서울대 법대에 늘어갔다는 전설 같은 이야기부터 독일 유학 도중 결혼한 남자를 차버리고 강단에서 만난 스무 살 청년과 사랑에 빠졌다는 소식, 헤르만 헤세, 하인리히 뵐을 우리말로 기막히게 번역한 천재적 능력자라는 평가까지 그녀를 따라다니는 소문은 나의 호기심을 자극하고도 남았다.

운 좋게 그녀와 합석한 자리에서 전혜린은 검은 망토 같은 롱

코트에 새까만 스카프를 매고 있었다. 담뱃진으로 손톱 밑까지 까맣게 물들어 있었다. 검은 머리카락부터 검은 눈동자까지 더해져 사람이 아닌 어둠 그 자체로 보였다. 그 어둠이 오만하게 느껴진 까닭은 "재미없게 사는 사람들을 보면 내가 그 사람 대신 죽고 싶어져요. 그러면 그 사람의 내일은 더 이상 오늘 같진 않겠지"라고 무표정하게 내뱉는 말을 듣고부터였다.

그녀는 똑똑했고, 감성이 풍부했으며, 엄청난 문재文才를 타고난 천재였다. 그럼에도 자기 재능을 대수롭지 않게 여겼다. 그 뒤로도 몇 번인가 술자리에 동석하면서 한 번도 여성성을 느끼지 못한 것은 그녀를 이성으로 바라보지 않았다는 뜻이 아니라 그 넘치는 열정과 재능과 노력이 천부의 성性을 지워버린 탓이다.

어느 겨울에 그녀가 죽었다는 소식을 들었다. 누구 말로는 자살이라고, 누구 말로는 술에 취한 사고사라고 했다. 법적 사인은 수면제 과다복용. "독수리처럼 날아왔는데 참새처럼 떠나게 되는 것이 인생"이라던 그녀의 말버릇처럼 그녀도 여성이라는 벽을 깨지는 못했다. 그러나 여성이라는 벽에 갇히지도 않았다. 독수리가 되어 세상을 집어삼키고 싶었지만, 별반 다름없는 참새가 되어 짧은 날갯짓을 하며 울분을 토했지만, 서울대 법대 교수, 서른한 살의 젊은 나이, 주목받는 작가, 초등학교에도 입학하지 않은 어린 딸의 엄마라는, 그녀 입장에서는 사냥꾼이 쳐놓은 새장 같았을 숙명적인 환경에 갇혀 날갯짓을 잃어버릴 만큼 겁쟁이는 아니었다.

내가 열여덟 살에 만났던 이화여고 학생 이후, 전혜린 이후, 많은 여성이 남성보다 더 뛰어난 능력과 경쟁력으로 주체적인 삶을 영위하고 있다. 하지만 동시에 그녀들보다 더 많은 수의 여성이 결혼이라는 안정된 울타리를 행복의 조건으로 광신하고 있다.

나에 대한 물음, 나의 존재 가치, 나의 행복이라는 물음 앞에 너무나 쉽게 '여자로서'라는 격조사를 덧붙이고 있다. 아무도 장담해주지 않는 사랑과 가족의 행복이라는 조건에 너무나 쉽게 계약을 결심한다. 나의 삶이 아닌 여자의 삶을 받아들이고 있는 것이다.

직장에 다니면서 똑똑한 아가씨들을 참 많이 봤다. 그중 열에 아홉은 결혼 후 직장을 떠났고, 남은 하나는 결혼 생활에 지장을 주지 않는 좀 더 편한 부서, 지금까지 길러온 나의 능력과 열정을 폐기처분할 수 있는 무의미한 자리를 원했다. 그리고 결혼 전에 내 앞에서 늘 같은 말을 반복했다.

"일하기가 너무 힘들어요. 그냥 시집이나 갈까요?"

나는 이제껏 "일하기가 너무 힘들어요, 그냥 장가나 갈까요?"라고 말하는 남자를 본 적이 없다.

재혼할 생각이 없느냐는 물음에 전혜린은 소주잔을 기울이며 답했다.

"양쪽 팔에 애들이 주렁주렁 매달려 있으면 글을 쓸 수 있겠어?"

그녀의 눈동자는 자신이 걸어가야 할 굽어진 길의 끝을 바라보고 있었다. 그래서 잠들 수 없었다. 잠들지 않았기에 야생의 여성女性을 잃지 않았다. 세상은 그녀를 참새로 만들어 쏘아 죽였지만, 그녀가 남긴 글들은 독수리가 되어 그 날카로운 발톱으로 우리의 영혼과 정신에 생채기를 내고, 무기력하게 취해버린 육체를 깨워 벽 너머로 달려가게 만들고 있다.

모든 맹수들에겐 한 가지 공통점이 있다. 사냥은 늘 암컷의 차지였다는 점이다. 사바나의 초원 위에서 최고의 사냥꾼은 언제나 암컷 사자였다. 알타이 산맥의 지배자는 늘 암컷 독수리의 차지였다.

그녀들의 여성성에 잠들지 않는 야생이 아직 살아 있기를 바랄 뿐이다.

드라마 〈정도전〉이 인기였다. 망조가 든 고려 말, 성리학에 눈 뜬 신진사대부들이 유교적 가치와 이념으로 백성들을 보살피며 새 나라를 건설해가는 과정을 그린 사극史劇이다. 주연 배우들의 명품 연기도 볼만하지만, 더욱 눈길을 끄는 것은 망국의 고려와 새 왕 조 조선을 가름하는 갈등의 핵으로 떠오른 '정전제丁田制'다.

　본래 정전제란 중국의 하·은·주 삼대에 걸쳐 시행되었다고 전해지는 토지 제도를 이르는 말이다. 1리 크기의 토지를 '정井'자 형태로 나눠 아홉 등분한다. 정중앙을 공전公田으로, 주위를 사전私

田으로 하는데, 공전은 사전 주인들이 공동으로 경작해 그 생산물을 세금으로 바친다. 그리고 사전에서 나오는 생산물은 모두 개인 소유가 된다.

극중에서 정도전은 왕실과 권문세가, 그리고 사찰이 독점하다시피 하고 있는 토지의 재분배를 혁명의 명분으로 내세운다. 계민수전計民授田이다. 문자 그대로 백성의 수만큼 토지를 나눠주겠다는 것으로, 최근 역사에서는 김일성이 북한에서 실행한 바 있지만 반대파를 숙청하기 위한 도구 성격이 짙었다.

정전제와 계민수전이 목표로 하는 바는 하나다. 백성이 자기 땅에서 농사를 짓고, 자기 땅에서 거둔 쌀로 밥을 지어 먹는 세상의 도래다. 그리 따져보면 오늘이야말로 육백 년 전 정도전이 꿈꿨던 이상사회의 실현인 셈이다.

그 오랜 꿈이 이루어졌음에도 우리가 국사 시간에 배웠던 정전제와 계민수전을 외치는 드라마에 넋을 놓는 까닭은 그 같은 꿈의 뒤안길에 숨겨진 참된 가치, 참된 실현의 목표에 갈증을 느끼고 있는 탓이다. 성서의 한 구절을 빌려 말하자면 공법公法이 물 같이 흔한 세상, 정의가 하수河水처럼 풍족히 흐르는 세상을 우리가 아직 이뤄내지 못한 탓이다.

법은 아직도 돈과 권력 앞에서 자유롭지 못하고, 정의는 그의 행위가 아닌 그의 얼굴과 이름을 주목하고 있다. 누구나 제 논바닥에서 쟁기를 들고 써레질할 자유가 있다고는 해도 추수를 갈무리한 논둑 위에 내리쬐는 가을햇살은 그 소출이 너의 것만은 될 수 없다고 야박하게 주절거린다.

곡식은 농부의 발자국 소리를 듣고 큰다는 말이 있지만, 농사꾼의 발바닥이 거북 등껍질처럼 갈라져도 그가 목숨보다 귀한 제 밭에 흘린 땀방울은 이 잘 나가는 세상 속에서 뒤처진 어리석음, 내일이 없는 무익한 수고로 천대받기 일쑤다. 직업에는 귀천이 있고, 삶에도 당연히 귀천이 있다는 우리의 인식이, 생각이, 마음이 탈곡기 바람에 날리는 쭉정이처럼 가볍게 느껴진다.

지방선거를 앞두면 내가 사는 아파트 정문에는 아침마다 선거운동원들이 발품을 팔았다. 정치꾼에게 선거의 계절은 비유컨대 파종의 시기다. 밭 갈고 논에 물을 채우듯 그들은 우리의 빈 마음에, 우리의 팍팍한 일상에 위로와 약속을 남발한다. 그리고 가을이 되면 늘 그랬듯이 백성이라는 땅이 품어낸 소출의 주인이 되어 제 배를 가득 채운다. 우리는 그것을 보며 또 한 번 상처받게 될 것이다. 이 상처가 익숙해지는 만큼 계민수전의 꿈은 육백 년의 기다림으로도 모자라 한 해 더 미뤄지게 될 것이다.

'표'라는 열매가 필요할 때만 아는 척하고, 국밥집에서 허겁

지접 숟가락을 빨고, 몇 백만 원짜리 소파에 맨발로 앉아 서민인 척 흉내 내겠지만, 그걸 알면서도 속아줘야 하는 우리네 처지가 불쌍하다. 정치가 바뀌면 세상이 바뀌고 내 인생도 바뀌지 않을까, 기대하는 청춘들이 불쌍하다.

나는 무정부주의자다. 이 나라에 기독교 신도가 천만 명이 넘는다는 소릴 들었는데, 내가 알기로는 예수 그리스도야말로 무정부주의의 극치였다. 그는 아주 극단적인 무정부주의자였다. 메시야 사상의 근본이념은 사람이 사람 위에 서지 못하는 세상으로의 재편이다. 신神의 재림은 나중 문제고, 우선은 아직 신이 방문하지 않은 세상에서 사람이 사람을 다스리고 지시하고 소유하지 못하는 세상을 꿈꾼 것이다. 그런데 예수를 따라 이 나라에 교회를 세운 한국의 목사들이 정부라도 세워보려는 듯 참여에 나서는 걸 보면 기가 막힌다. 그들의 신을 대신해 종교의 자유를 보장하고, 포교를 지원해주는 도구로서 정부와 정당을 저울질하는 것을 보고 있노라면 도스토옙스키의 《카라마조프 가의 형제들》 중 한 대목이 떠오른다. 소설 속 카라마조프 가의 둘째인 이반이 쓴 〈대심문관〉이라는 극본의 줄거리는 이렇다.

〈대심문관〉의 주인공은 죽음에서 부활한 뒤에 승천한 예수와 가톨릭의 양심이라 불리는 대심문관이다. 어느 날 하늘로 올라간

예수가 조용히 땅에 내려와 기적을 행했다. 이를 알게 된 대심문관은 〈요한계시록〉에 적힌 대로 다시금 지상에 나타난 예수를 자기 방으로 불러 떠날 것을 요구한다. 예수가 거부하자 대심문관은 예수에게 화형을 선고하며 이렇게 말한다.

"그 옛날 당신이 하늘로 떠난 뒤에 당신은 아무것도 한 일이 없다. 우리는 당신 이름으로 세례를 베풀고 이교도와 싸우고, 병든 자에게 약을 주고, 가난한 자에게 빵과 옷을 나눠주었다. 밖에는 당신을 믿는 수만의 군중이 있다. 당신이 살아 있을 때보다 더 많은 자들이 우리의 노력으로 인해 당신을 믿고 구원받기를 소망하게 되었다. 그런데 당신은 이제 와서 우리의 노력을 물거품으로 만들려 한다. 우리가 세운 교회와 교리를 망치려 하고 있다. 대심문관으로서 용서할 수 없는 일이다."

강남 한복판에 수백억 원짜리 빌딩을 지어놓고 교회라 이름 붙인 자들은 교회의 궁극적 목표인 최후의 심판을 기다리고 있을까? 그들이 일요일 오전에 설교하듯 내일 예수 그리스도가 재림해 이 땅에 영원한 천국이 세워진다면 강남의 수백억 원짜리 교회는 공치사가 되는 것이다. 그럼에도 영원한 천국을 바랄 수 있을까?

정치도 마찬가지다. 정치의 근본취지는 정치가 사라지는 세상을 만드는 데 있다. 정치가 필요 없을 만큼 모든 사람들이 어울려 배려하고 아끼고 사랑하는 세상을 만드는 데 있다.

그 옛날 중국 요임금 시절의 은자隱者 양보壤父가 격양가擊壤歌를 부르기를 "해 뜨면 나가 일하고 해 지면 들어와 쉬며, 우물 파서 물마시고 밭 갈아 먹고 사는데, 임금이 내게 무슨 은덕을 베풀었단 말인가日出而作日入而息, 鑿井而飮耕田而食, 帝何德於我哉"했다. 마지막 구절은 "임금의 힘이 내게 무슨 소용이란 말인가帝力於我何有哉"라고도 하는데, 바로 백성으로 하여금 정치의 힘(존재)을 느끼지 않도록 하는 경지의 선정善政을 의미한다.

법 또한 그렇다. 법의 최종 목표는 법이 필요 없어지는 것이다. 굳이 법조항을 들먹이고 판사 앞에 서지 않아도 타인에게 피해를 주는 사람이 하나도 없는 세상을 꿈꾸며 인류는 법이라는 것을 만들었다.

하지만 현실은 취지와 달라도 너무 다르다. 정치는 더불어 살아가기보다는 편을 나눠 투표라는 시합에서 승리하는 데 집착하고, 법은 계도보다 형량과 수임료 계산에 능숙하다. 우리는 어느새 정치라는 본질을 망각한 채 정치적 성향만 바라보게 되었다.

단재 신채호, 심산 김창숙, 우당 이회영. 이 세 분 모두 무정부주의자였다. 무정부주의라고 하면 정부 전복을 계획하는 무질서

한 폭력사상으로 정의되고 있는데, 그 참뜻은 인간 세상에서 불필요한 권력을 최소한으로 줄이자는 평화주의의 실천이다. 정책이, 대통령이, 정당이 우리의 삶을 변화시키지는 못한다는 것이다. 그들에게 기대를 걸어서는 안 된다는 말이다.

어느덧 올해도 논마다 파릇한 모가 심어졌다. 가지런히 일렬로 줄을 맞춰 서 있는 그 파란 머리꼭대기에서는 몇 달만 지나면 누런 벼가 주렁주렁 매달릴 테고, 그 안에는 기름진 입쌀이 가득할 터이다. 농부들은 또 콤바인 엔진소리를 가락삼아 논 가장자리의 볏짚에 낫날을 댈 것이다. 탁주로 허기진 배를 달래며 예사롭지 않은 낫질로 팍팍한 삶을 주억거리게 될 것이다.

과연 우리에게도 저 곱디고운 햅쌀의 자태처럼 기름진 날들이 올 것인가, 궁금해진다. 이 가느다란 모 같은 인생이 봄 가뭄과 여름 장마와 가을 태풍을 겪고도 쓰러지지 않는 것을 보면 대견하기 짝이 없다. 이는 누구의 시련도 아닌, 나 혼자 견뎌내야 할 절망이다.

그러나 이 절망이 아름다운 까닭은 내 옆에 나처럼 가느다란 누군가가, 나처럼 추수를 기다리며 묵묵히 버텨내고 있음에 감사할 수 있기 때문이다.

프라이드가

낄 수 없는

사회

이 나이까지 살아오면서 한 가지 뼈저리게 느낀 바가 있다면 인생은 '프라이드pride'가 전부라는 것이다. 자기 자신에 대한 프라이드는 인간이라면 한시도 잊어서는 안 될 절대감정이다. 특히나 지금처럼 세상이 제대로 돌아가지 못하는 때에는 더욱 그렇다. 하긴 따지고 보면 이 세상이 제대로 돌아간 날이 하루라도 있었을까?

인생은 겪어봐야 깨닫는 법이다. 아무리 말해본들 당장은 그깟 프라이드가 뭐 그리 대수냐고 여길 수도 있다. 좋은 대학 나와서 대기업 들어가고, 돈 많이 벌어서 결혼해 애 낳고 잘 살려면 프라이드 할아비라도 버릴 준비가 되어 있어야 한다는 말을 귀에 못이 박힐 정도로 들어왔을 터이다.

솔직히 우리나라는 문제가 많다. 대기업만 들어가면 된다는 식이다. 대학 4년 동안 그 어려운 공부를 해낸 끝에 결국 가장 성공했다는 잣대가 기껏 대기업인 나라다. 그러니 인생에서 프라이드 어쩌고 하는 글은, 취직 못해 백수 소리 듣기 싫어 대학원 가고, 학교 졸업한 지가 언젠데 아직도 취직 못했느냐는 말을 듣게 될 때마다 느껴지는 열등감과 나를 내려 보는 듯싶은 시선에 지친 젊은이들에겐 노인네의 배부른 헛소리쯤으로 들릴 수도 있겠다.

돈 없으면 등록금 대출 갚느라 학교도 못 다니고 아르바이트로 투 잡two job, 쓰리 잡three job을 뛰어야 하는 시대다. 제대로 된 사회가 아닌 것은 분명하다.

대기업이든, 공무원이든, 중소기업이든 어쨌든 내가 할 수 있는 직업을 얻게 된다고 해서 마음고생이 끝나는 것도 아니다. 직장이란 똑똑한 인재들 앉혀놓고 싼 월급에 잡일시켜 부려먹는 곳이다. 내가 하는 이 일이 사회를 위해 뭔가를 공헌한다거나, 공무원이 되었다고 해서 약자인 국민을 위해 일하는 것도 아니다. 아무리 오랫동안 직장생활을 해도 원대한 포부 같은 건 생기지 않는다. 그냥 오늘 하루 처리해야 될 서류뭉치에 파묻혀 점심은 뭘

먹을까, 저녁 여섯 시는 또 언제 오려나…… 기다리고 기다리는
동안 내가 기다려온 인생이 나도 모르는 사이에 사라져버리는 것
을 확인하게 될 뿐이다.

그러다가 서너 해 직장생활을 겪게 되면 후임이 입사하고, 그
앞에서 선배랍시고 군기를 잡거나, 칠팔 년차에는 월급명세서만
이 삶의 유일한 낙이 되어 집에서 자라는 아이들 보며 그래도 내
가 살아 있어야 될 이유를 찾게 되고, 십 년차가 되면 진급에 목매
는 한편으로 평균수명 아흔 시대에 회사 관두고 남은 사오십 년
뭘 해서 가족을 먹여 살리나, 고민하며 프랜차이즈 사업 좀 알아
보다가 퇴직금 이삼 억을 일 년 안에 날려먹는다. 요새는 다 그렇
게 산다. 프라이드가 낄 자리가 없다.

나로 말하면 이제는 예전 같은 힘이 안 나온다. 하긴 여든 살
이 넘은 노인네가 과거를 추억하며 현재를 슬퍼하는 것처럼 좀스
럽고 비참한 일도 없을 터이다. 그럼에도 날마다 내게 해야 할 일
을 부여한다. 글 쓰고 번역하고 사전을 뒤적인다. 내게 책임을 물
으며 당당하게 밀고 나가려고 노력한다. 그것이 내가 살아온 인생
에 대한 프라이드이기 때문이다. 알량한 자존심인지도 모르겠다.
때로는 나보다 어린 나이에 인생 다 산 것처럼 앓는 소리 해대는
육칠십대를 업신여기기도 한다. 이 나이 먹고 글도 쓰고 책도 내

는 걸 유세하느냐며 고깝게 여기는 사람도 있을 것이다.

타인이 보기에 내가 어떤 사람인지, 다시 말해 사람들이 나를 어떻게 보고 있는지 의식하기 시작하면 오롯한 '나'는 없어진다. 프라이드가 있는 사람은 타인 앞에서 자기를 잘 보이려고 꾸미지 않는다. 타인의 눈을 의식한다는 것은 그만큼 콤플렉스가 있다는 반증이다. 약함을 겸손으로 자처하고, 빼앗김을 양보라는 미덕으로 포장하고, 용기가 없어 도망치는 것을 물러설 때가 되었다며 마음에도 없는 군자君子 노릇을 연기하는 까닭은 나에 대한 프라이드가 없어서다. 그간 내가 살아온 인생에 대해 자부심이 없기 때문이다.

벌써 서른이 되었다면서 끝나지도 않은 청춘을 야속해한다. 그 나이가 되어본 적도 없으면서 사십대, 오십대의 불행을 망상한다. 나는 이래서 이것도 못하고, 저래서 저것도 할 수 없다며, 하고 싶은 일들을 목록에서 하나씩 지워나간다. 할 수 있는 일을 찾기보다는 해도 안 될 것 같은 일들을 지워나가는 것이다. 못 해본 일을 찾아 도전해볼 생각은 안 하고 앞으로 해도 안 될 일들만 잔뜩 주워섬기며 나를 가두려고 한다. 그러면서 속으로는 '왜 이렇게 바보 같이 살고 있을까?', '왜 그때 도전해보지 않았을까?' 하며 후회한다.

사람이 가족, 친구, 세상과의 관계에서 거부당하고 점점 더 고립되는 이유는 능력이 없어서, 좋은 대학을 나오지 못해서, 얼굴이 못생겨서가 아니다. 나는 가족들에게, 친구들에게, 세상 사람들에게 사랑받고 있다는 프라이드가 없기 때문이다. 나는 이토록 저들을 사랑하는데 그들도 과연 나를 그만큼 사랑해줄까, 하고 지레 의심하기 때문이다. 그리고 그 의심의 증거를 발견하려고 쓸데없이 감정의 날을 세운다. 친구들은 변한 게 없고, 부모님도 예전과 다름이 없고, 세상 그 누구도 아직 그런 눈으로 나를 바라본 적 없는데도 저 혼자 신경질적으로 반응하며 작은 변화에도 마구 흔들리는 것이다.

콤플렉스와 프라이드는 병존할 수 없다. 하나가 있으면 다른 하나는 들어설 자리가 없다. 콤플렉스를 갖게 되면 프라이드는 버린 셈이다. 내 아버지는 가난하고 나는 머리가 나쁘니 실패할 수밖에 없다며 가뜩이나 좁아진 세계에서 자기를 출구 없는 벽으로 몰아붙인다. 물론 진짜로 그렇게 생각하는 것은 아니다. 속내 깊은 곳에는 아직도 번뜩이는 칼날을 품고 살아간다. 그렇기 때문에 콤플렉스가 내게 상처가 된다. 상처가 되는 것을 알면서도 매사 그런 식으로 삶을 비하한다.

나중에는 그런 짓에 상처받는 자신이 얄미워져서 콤플렉스에

타인에게 기준을 두고 자기를 생각한다면

그것은 진짜 프라이드가 아니다.

가령 남들이 나를 어리석게 보더라도,

그 나이에 아직도 정신을 못 차렸느냐고

비웃더라도 나는 살아 있다,

단순히 살아 있는 정도가 아니라

잘 살고 있다, 라고 실감하는 것이

진짜 프라이드다.

그것은 누구도 깨뜨릴 수 없는

나만의 성채다.

더욱 집착한다. 인생이 비열해지는 것이다. 엄마의 사랑이 식었다고 착각한 어린아이가 자기를 괴롭혀 엄마에게 상처를 주고 싶어 하듯, 진심은 그게 아닌데 스스로를 허망하게 깎아내리며 세상에 대한 불만을 자신에 대한 미움으로 어기대는 것이다.

우리 모두가 두려워하는 불행은 외부에서 비롯되지 않는다. 돈이 없고, 좋은 직장을 얻지 못하고, 하고 싶은 일을 하지 못하게 만드는 잘못된 사회구조 때문에 내 인생이 남들처럼 행복하지 않다고 불평하는 사람들의 시선은 바깥에 고정되어 있다. 그들이 바라는 삶의 프라이드는 바깥에 있다. 있는 그대로의 나로 만족하고, 자부하고, 당당해지지 못한 채 속물이 되어가는 것이다. 돈푼깨나 통장에 채워둔 꼴을 누군가에게 보여줘야 하고, 사람들 앞에서 창피하지 않을 정도의 번드레한 동네에서 살아야 한다. 그게 채워지지 않아서 불행하고 슬프다.

프라이드가 자기 밖에 있기 때문에 겪게 되는 불행과 슬픔이다. 바깥에 머무는 프라이드는 당연히 바깥 일로 상처받는다. 남의 손에 의해 내 인생이 찌그러진다.

타인에게 기준을 두고 자기를 생각한다면 그것은 진짜 프라이드가 아니다. 가령 남들이 나를 어리석게 보더라도, 그 나이에 아직도 정신을 못 차렸느냐고 비웃더라도 나는 살아 있다, 단순히 살아 있는 정도가 아니라 잘 살고 있다, 라고 실감하는 것이 진짜 프라이드다. 그것은 누구도 깨뜨릴 수 없는 나만의 성채城砦다.

상대적인 프라이드는 콤플렉스의 원흉이다. 그러니 내게 필요한 것은 나에 대한 절대감정, 즉 절대적인 프라이드다. 그것이 진짜 프라이드다. 진짜 프라이드를 갖지 못한 인생처럼 비루한 삶은 없다. 나를 속이며 살아왔다는 반증이기 때문이다.

나는 늙었고, 그래서 힘이 없고, 어디라도 아플까 고민이고, 죽는 게 두렵고, 그런 주제에 뭔가 새로운 것을 해보려는 시도는 잘못이라고 짐짓 욕망을 초월한 늙은이처럼 가식을 떨었더라면 나는 오늘 이 글을 쓰지 못했을 것이다.

나는 아직도 산다는 게 어떤 의미인지 잘 모르겠다. 나라는 인간이 어떤 존재인지를 모르겠다. 왜냐하면 인간은 언제까지나 미성숙 상태이기 때문이다. 나이 들어 저절로 완성되는 것은 없다. 못하게 되는 것도 없다. 해서는 안 되는 것도 없다. 우리는 죽을 때까지 미성숙 상태이므로 인생에 끝은 없다.

약하기 때문에, 미숙하기 때문에 지금보다 더 부풀어 오를 수 있는 가능성과 기회가 기다리고 있는 것이다.

나이 들어 철들었다는 것은 무저항의 선포다. 미숙한 프라이드만이 운명을 향해, 나를 가둬놓은 이 세상을 향해 큰소리로 선전포고할 수 있는 용기를 준다. 인생은 도전과 응전 즉 개척의 연속이다. 그것은 생의 마지막 순간까지 멈추지 않고 일어나는 삶의 전제조건이다. 즉 우리는 싸우기 위해 태어난 셈이다.

지금까지의 인생은 마이너스적인 측면이 더 많았다. 시키는 대로 공부했고, 점수에 맞춰 대학에 갔고, 남들이 인정해줄 것 같은 직장에 지원했다. 이는 진짜 나와는 무관한, 누군가 봐주기를 바라는 바깥의 삶일 뿐, 아직 내 안의 투지는 나라는 진짜 상대를 마주하지 못했다. 그저 눈앞의 세상을 벽으로 삼아 허물어뜨리고 뛰어넘고, 때로는 돌아서 피하는 술수만 부려왔을 뿐이다.

그러니 당장 오늘부터 결심하자. 창공을 나는 새를 보고도 불타오른다. 나는 왜 새처럼 자유롭게 창공을 날지 못하는가, 고민해보자. 꽃이 무성하게 핀 화단을 보며 불타오른다. 내겐 시간이 얼마 안 남았는데 왜 아직도 저렇듯 꽃 피우지 못했는가, 질투하자. 거기서 새로운 파이팅이 솟아난다. 나를 향한, 내 안의 프라이드를 향한 파이팅이다. 어렵지 않은 일이다. 해보지 못한 일이라서 낯설고 두려울 뿐이다. 처음 시도가 어렵고 부끄럽고 망설여질 뿐, 두 번째부터는 반복이므로 쉽다. 이미 해왔던 일이 되는 것이다. 그게 인생이다.

part 3

우리가 너희를 응원한다

따라오는 건
미래가
아니다

반가운 전화 한 통을 받았다. 우연히 내 책을 읽은 독자라고 하는데, 마침 근처에 살고 있다면서 뵙고 싶다는 것이다. 목소리를 들어보니 젊은 친구 같았다. 꽤 조심스러웠다. 그 친구는 자기도 글을 쓰고 있다면서 조언도 듣고 묻고 싶은 것도 많다고 했다. 집 주소를 알려주면서 시간이 되면 언제든 찾아오라고 말해줬다.

그로부터 한참 지난 후에야 나를 찾아왔다. 스물여덟 살이라고 했다. 나이보다 동안이었다. 미혼인 줄 알았는데 결혼도 하고 돌을 앞둔 아들도 있다는 말에 깜짝 놀랐다. 마침 나와 같은 대학,

같은 과 후배이기도 했다. 물론 학번으로 따지면 오십 년이 넘는 차이였지만 동문이라는 말에 더욱 반가웠다.

어떻게 살고 있나 물어봤더니 문예잡지로 등단해서 중편집도 발간한 어엿한 프로작가다. 이름을 떨치지는 못했어도 아직 펜을 잡고 살아간다는 게 대견했다. 이 나라에서 문학인으로 살아간다는 것은 고용노동부 말에 따르면 하위 5퍼센트에 포함되는 최악의 빈곤 노동자다. 평균연봉이 천만 원 미만이다. 그 말은 소설가, 시인이라는 사람들 중 대다수가 일 년 수입이 편의점 아르바이트만 못 하다는 얘기다. 직업에 귀천은 없겠지만, 그래도 예술을 한답시고 대학에서 공부한 시간과 돈을 따져봤을 때 밑 빠진 독에 물을 부어도 그냥 부은 게 아니라 십수 년을 허송한 게 된다.

이 친구도 다를 바 없어서 책을 팔아 수입을 얻는 인세는 언감생심 꿈도 못 꾸는 지경이었다. 아내에 어린 아들까지, 대관절 뭘 해 먹고사는지 궁금했다. 궁금했다기보다는 걱정스러웠다. 님들이 알아주지도 않는 글 몇 줄을 위해 애꿎은 가족을 고생길로 내몰고 있지는 않은지, 그럼에도 여전히 허황된 작가의 꿈을 좇아 귀한 시간을 허비하고 있는 건 아닌지 겁이 덜컥 나서 사실은 그의 생활상을 듣고 싶지 않았다.

그런데 놀라운 이야기가 쏟아져 나왔다. 공장을 다니고 있다는 것이다. 자동차 안전벨트에 들어가는 부품을 조립·생산하는 하청업체에서 일한 지 벌써 이 년이 다 되어간다는 얘기였다. 주 6일을 일하고, 그것도 오후조에만 편성되어서 낮 두 시 출근에 밤 열두 시 퇴근이라고 한다. 어쩐지 평일 오전 열한 시에 나를 찾아왔기에 분명 글이나 쓴답시고 놀고 있구나, 생각했는데 알고 보니 나랑 점심 먹고 공장에 나가 밤 열두 시까지 일해야 한다고 했다.

기특해서 근처에 있는 삼계탕집으로 데려갔다. 손을 보니 일이 고됐는지 험하다. 이제 겨우 이십대 후반인 어린 가장은 동갑내기 아내와 세상에 태어난 지 일 년이 채 안 된 갓난아기에게 먹을 것을 양보해왔는지라 중닭 한 마리 들어간 뚝배기를 게 눈 감추듯 비워버렸다. 몇 숟가락 뜨지도 않았는데 건더기는 없고 국물만 보인다. 얼른 내 몫의 반을 덜어주었다. 원래 삼계탕을 좋아하는지, 아니면 고기가 오랜만이었는지 사양도 하지 않고 쑥스러운 표정으로 기쁘게 받아들인다. 잘 먹는 모습만 봐도 내 배가 터질 듯 불렀다.

밥상을 물리고 차를 시켜 처음 만난 젊은 친구와 회포를 풀었다. 함께 글밭을 일구는 고된 길에서 만난 동지다. 예술이라는 전쟁터에서 나이는 상관없다. 인생이라는 종주縱走에서 연식과 경력은 헛된 말장난에 지나지 않는다. 삶이라는 무게는 나이가 어리다고, 또는 늙었다고 해서 그 잔혹한 면모를 숨기거나 덜어내는 법이 없다. 오롯이 자기 주관대로 삶이라는 법칙에 기록된 모든 권리를 주장한다. 인간은 늘 그런 삶 앞에서 쓰러질 듯 버텨내야 하고, 결혼이라는, 때론 책임과 강탈 같은 구속에 질리기도 한다. 내 아이가 태어나 기쁜 것은 순간이며, 그 뒤로는 밤새도록 울어대는 지긋지긋함과 자랄수록 더욱 커지는 경제적 부담이 양육의 절반 이상을 차지한다.

그래서 이 어린 아빠는 자신의 꿈을 포기하고 공장으로 들어간 걸까? 서울의 명문대학을 졸업한 엘리트가 왜 하필 자동차 안전벨트의 부품이 되어 내 앞에 나타난 걸까? 묻고 싶었지만 물어볼 수 없었다. 그로서는 받아들이기 힘든 선택이었을 테니까. 처자식이 그에겐 작가로서의 꿈을, 먼 훗날 만나게 될 독자들과의 교류를 망쳐버린 슬픈 이야기일 수도 있기 때문이다.

"요즘은 남자가 국문과를 졸업해봐야 어지간한 대기업은 못 들어가요. 이공계 출신이 아니면 좋은 직장은 못 간다고 봐야 해요. 공무원 시험 준비하느니 학원에서 강사를 하면서 제 글을 쓰고 싶었죠."

문제는 대학 동창인 지금의 아내가 덜컥 임신했다는 것이다. 결혼할 돈도 없는데 배가 불러왔다. 당장 살 집도 없었다. 양가 형편이 도움을 줄 수 있는 것도 아니었다. 그때 눈에 들어온 인력모집 공고가 있었다. 학력 안 따지고 숙식 제공에 월 삼백만 원을 주겠다는, 지금 다니고 있는 공장이었다.

그래도 결혼식은 해야겠다는 생각에 대출을 받아 혼수도 없이 결혼식을 치렀다. 청년은 학원 강사로 일하면서 번 돈으로 대학원에 다니고 싶었지만, 일단 그 돈으로 아이부터 낳아야 했다. 병원비에, 산후조리원까지 그간 모은 돈으로 어떻게든 될 것 같았다.

다음으로 공장을 찾아갔다. 지방의 대규모 공단 구석에 위치한 부품공장이었다. 모집 공고에 실린 월 삼백만 원은 주 6일에 한 달에 두 번씩 있는 일요일 특근, 거기다 밤 열두 시에 끝나는 오후조 근무만 자청했을 때 받을 수 있는 돈이었다. 그러니까 삼백만 원을 손에 넣으려면 한 달 중 이틀만 쉴 수 있고 나머지는 공장에서 열 시간 넘게 일해야 했다.

기숙사는 공단 근처 원룸촌이었다. 청년의 사정을 봐준 회사에서 원래는 네 명이 지내는 투룸을 신혼집으로 내주었다. 대신 기간은 이 년. 그 이상은 안 된다고 했다. 어렵사리 둘만이 지내게 된 작은 신혼집에서 '영후'라는 이름의 아기가 태어났고, 그때 고작 스물일곱 살이었던 젊은 목숨 위에는 또 하나의 기나긴 수명이 더해졌다. 젊은 아버지는 난생처음 해보는 육체노동에 지쳐갔지만 쓰러지지는 않았다. 도망치지도 않았다. 자신의 고된 운명을 탓하거나 부정하지도 않았다. 누구를 원망하지도 않았다. 오히려 그동안 준비해온 소중한 꿈에 보태기로 결심했다.

열 시간 넘게 서서 일하는 작업 때문에 하지정맥류가 생겼지만, 앉아서 공부만 해온 터라 디스크 증상이 있던 자기 몸에는 오히려 서 있는 편이 건강에 좋다며 받아들였다. 오후 두 시 출근에 밤 열두 시 퇴근에도 젊은 아버지는 작가로서의 꿈을 포기하지 않았다. 새벽 한 시에 집에 돌아와 쓰러지듯 잠이 들어도 다음 날 아침 일곱 시면 어김없이 알람을 맞추고 일어나 컴퓨터 앞에 앉았다. 그리고 출근하기 전까지 글을 썼다. 아침조였다면 일찍 퇴근해도 녹초가 된 몸이라 손 하나 까딱하기 싫었을 텐데, 다행히 오후조여서 맑은 정신으로 책도 보고 글도 쓸 수 있어 다행이라는 그의 말이 나는 진심으로 기쁘게 들렸다. 그냥 해보는 자기 위안이 아니라 꿈꾸는 자의 진정한 자기만족처럼 들렸다.

무엇보다도 오후조는 야간근무에 대한 수당이 지급되어 좋다고 한다. 몇 푼 안 되더라도 한 달 치가 쌓이면 영후 먹일 분유 한 통은 살 수 있다. 그래서 아빠는 졸린 눈을 비벼가며 자정이 다가오는 시계를 즐거운 마음으로 바라볼 수 있었다.

이 모든 고단함과 힘든 상황을 버틸 수 있는 것은 그가 기대하는 미래 때문이었다. 언젠가는 작가로서 지금 겪고 있는 이 시간들을 글로 풀어내 자신보다 더 큰 고난에 직면한 누군가에게 잠시의 위로가 되어 다가갈 수 있기를 소망하는 그 마음이 강철처럼 굳게 다져져 인생의 숱한 발길질과 세상의 눈총마저 감내할 수 있게 만들었던 것이다.

나는 그에게 도스토옙스키를 들려주었다. 도스토옙스키는 구경삼아 들렀던 공산주의 독서모임에 참석했다가 경찰에 붙들려 사형선고를 받았다. 사형장에 끌려가 눈이 가려진 상태로 자기 몸을 꿰뚫게 될 총성을 기다리던 찰나에 운 좋게 특사 명령이 떨어져 시베리아로 유형을 갔다. 그곳에서 중범죄자들과 사 년을 동고동락했다. 그곳에서 그는 평생을 괴롭힌 폐 질환과 더불어 삶의 진짜 가치들을 얻게 되었다. 우리가 알고 있는 러시아의 대문호 도스토옙스키는 죽음의 땅 시베리아가 만들어냈다고 해도 과언이 아니다. 그런 도스토옙스키였기에 "비록 행복이 없다 해도 인간은 사랑 하나만 있으면 얼마든지 살 수 있다"라고 우리를 위로할 수 있었던 것이다. 우리가 그의 글에 감동하는 까닭은 그가 수십 명의 농노를 거느린 대지주의 아들이었던 시절에 《죄와 벌》을 썼던 게 아니라 시베리아에서 사 년간 유형생활을 견뎌낸 후 《죄와 벌》을 썼기 때문이다.

인생의 가치는 그가 버텨낸 슬픔과 고난의 가치에 비례한다. 잔인한 얘기처럼 들릴 수도 있겠으나, 존경받는 인물들의 그림자에는 지금 우리가 겪고 있는, 참아내고 있는 고통보다 더한 상처가 무수히 많다. 그들은 이겨냈고, 버텨냈다. 그리고 날개를 폈다.

그날 우리가 함께한 삼계탕 뚝배기 속 영계는 생후 백 일이 채 안 된 녀석들이었다. 한여름에 보양식으로 불리며 사라져 가는 닭들의 수명은 알에 머물렀던 시간을 합쳐봐야 세 달 남짓이다. 우리가 기억하는 것은 고작 세 달을 살아낸 어린 중닭에 불과하지만, 그들에게 원래 주어진 수명은 삼십 년이 넘는다. 우리가 영계라 부르며 하찮게 여기는 병아리의 생명은 그냥 놔두면 삼십 년을 넘게 사는 것이다. 하지만 우리는 삼십 년 넘게 장수한 닭을 본 적이 없다. 양계장이라는 현실에서 그것은 불가능하다고 말한다.

때로는 이 답답한 현실이 영원할 것만 같다. 나에겐 미래가 없다고 말하는 청춘도 있다. 학교에 있을 때가 가장 편하고 행복했다고 말한다. 세상은 차가운 곳이고, 사람은 인생의 가장 큰 적敵임이 틀림없다.

그러나 삼십 년의 세월을 바라보는 병아리라면 주어진 모이 앞에서 배를 채우지는 않았을 것이다. 어떻게든 철조망 밖으로 뛰쳐나가 새 삶을 찾아보려 했을 것이다. 그게 어렵더라도 꿈이라도 꿨을 것이다.

미래는 나의 뒤에 있지 않다. 언제나 앞에서 손을 흔든다. 스물여덟, 영후 아빠는 미래를 바라보고 있다. 자신의 두 눈으로, 어린 아들의 두 눈으로. 어쩌면 영원히 찾아오는 일 없을 미래인지도 모르겠지만, 그들은 바라보고 있다. 바라만 봐도 좋은 것이다.

현실에서 '예술'이라고 불리는 것 대부분은 예술꾼이 팔려고 만들어낸 상품에 지나지 않는다. 제아무리 잘 만들어도 상품이 사람을 감동시키는 작품이 되기란 쉽지 않다.

육십 년 가까이 '글'이라는 예술 종목에서 안간힘을 쓰며 버텨온 경험으로 비춰봤을 때 진짜 '예술'은 '산다는 것' 그 자체다. 인간으로서 강렬하게 살아가는 것, 생명이 폭발하는 순간들이 반복되는 현실, 그것이야말로 억만금을 주고도 살 수 없는 감동적인 '작품'이다. 그러므로 인생은 폭발이다.

입에서 나오는 대로 지껄이는 말이 아니다. 어느 유행어를 빗댄 말장난도 아니다. '인생은 폭발'이라고밖에 표현되지 않는 순간들임을 몸소 체험한 여든 살이 넘은 노인네의 고해성사다.

일반적으로 '폭발'이라고 하면 "쾅" 하고 큰소리가 나거나 물건을 흩날리며 주위를 파괴하고, 사람들을 피투성이로 만드는 공포 이미지가 떠오른다. 하지만 내가 말하는 폭발은 그런 게 아니다. 소리도 없고, 물건도 흩날리지 않는다. 본인을 포함해서 누구도 피 흘리지 않는다.

온몸이 세상을 향해 무조건적으로 열리는 것, 그것이 내가 말하는 '폭발'의 의미다. 인생이란 순간순간 아무런 목적도 없이 폭발해야 하는 것이기 때문이다.

어렸을 적 우리는 가슴 깊은 곳에 신성한 불길이 타오르고 있다는 것을 느끼고 있었다. 그 불길은 생명과 직결된 절대적인 존재였다. 그러나 현실의 우리는 어리고 힘이 약했다. 학교에서도, 집에서도, 사회에서도 부당한 힘이 언제나 짓눌렀다. 매 순간 부당하게 억눌린 채 사회의 일원으로, 직장의 구성원으로, 누군가의 자식으로, 또 누군가의 부모가 되어 살아왔다.

하지만 그 불길은 아직 꺼지지 않고 우리 안에 살아 있다. 그 불길이 바로 우리의 생명이기 때문이다.

나는 고집이 센 성격은 아니지만 내 안의 불길을 그들에게 양보하고 살아야 한다는 것이 억울했다. 그래도 별 수 없었다. 오랜 세월을 참고 견뎠다. 그러다 더는 참을 수 없었고, 견디고 싶지 않았다. 그래서 어떻게든 붙들고 늘어지기로 작심했다. 사람들은 그런 나를 이해하지 못했다. 젊어서도 쓰지 못한 글을 늙어서 어떻게 쓰겠느냐고 조롱했다. 고독하고 절망적인 싸움이었다.

그러다가 세상 기댈 곳은 돈밖에 없다는 생각으로 물질에 마지막 남은 희망을 걸고 전 재산을 투자했다가 실패로 끝났다. 내가 기대했던 것과는 너무도 다른 노후였다. 거대하고 웅장한 깊이의 절망이 내 앞에 놓여 있었다. 집도 잃고, 돈도 잃고, 건강도 잃고, 사람도 잃었다. 인생에서 잃을 수 있는 거의 모든 것들을 잃어버렸다. 그 압도적인 현실의 괴리에 난생처음 절망의 벽과 맞닥뜨렸다. 그때 나는 일흔을 바라보고 있었다.

우선 생활이 달라졌다. 중앙일간지 기자로 남부럽지 않게 살아온 내가 일흔 가까운 나이에 남의 문중 묘를 관리해주며 집 한 칸을 빌려 쓰는 묘지기가 되었다. 서울 서대문에서 태어나 칠십 년 세월을 도시에서 살아온 내가 전체 가구가 오십 호도 안 되는 시골의 묘막에서 처량한 말년을 보내게 된 것이다. 처참하고 치욕스러웠다. 당장 먹고 살 돈을 벌어야 한다는 압박감도 있었지만,

이왕 이렇게 된 것, 후회하고 고민해봐야 소용없겠다는 결론을 내리고 일본책 번역에 나섰다.

나는 열다섯 살에 해방을 경험한 세대다. 내가 태어났을 때 세상은 이미 일본인들의 것이었다. 스무 살 가까이 일본어를 모국어처럼 곁에 끼고 살았다. 국가적으론 불행이지만, 그것이 나중에는 전화위복이 되어 일흔을 앞둔 나이에 번역가로서의 새 삶을 찾게 해준 빛이 되었다.

나는 묘지 밑에 대충 지어올린 묘막에서 새롭게 펜을 들었다. 새로운 삶을 개척하게 된 것이다. 그 시기는 넓게 봤을 때 '사회 대 개인'이라는 피해갈 수 없는, 지나칠 수도 없는 세상 모든 이들의 의문과 고민에 정면으로 맞선 소중한 경험이었다. 무엇보다도 감사하고 놀라운 일은 그 절망의 시기에 나의 육신과 정신이 되살아났다는 점이다.

번듯한 내 집도 있고, 친구도 많고, 물질적으로도 어렵지 않던 시기에는 협심증 초기증세로 툭하면 심장이 떨어져나갈 것처럼 아파오곤 했다. 그런데 다시금 내가 뭔가를 할 수 있다는 긴장과 희열을 맛보게 된 묘막 시절에는 단 한 번도 심장이 아파오지 않았다. 그 후로 지금까지 내 심장은 튼튼하다.

나를 아는 사람들은 내 처지에 눈물을 흘렸다. 하지만 나는 그 생활이 나름대로 즐거웠다. 내게는 무엇과도 바꿀 수 없고 잊을 수 없는 귀중한 경험이었다. 예전에 끝났다고 여겼던 내 머리와 육신은 생존의 갈림길이었던 묘막의 작은 방 한 귀퉁이에서 야심찼던 젊은 날의 내가 부끄러워질 만큼 의욕적으로 지치지 않고 일했다. 그러자 세상도 나를 더 이상 '늙은이'로 바라보지 않게 되었다. 여러 출판사에서 내 나이가 아닌 능력을 보고 번역을 부탁해왔다. 그것이 기쁘면서도 한편으로는 내가 기특했다. 일흔에 묘막살이 신세가 되었다는 절망과 자괴에서 벗어나 나라는 인간을 당당하게 내보일 수 있는 자신감이 생긴 것이다.

그러자 잊고 지냈던 불길이 서서히 타오르기 시작했다. 처음에 십 년을 계약하고 묘막살이를 시작했을 때 집을 내준 문중 사람들은 뒤에서 "저 양반 들어갈 때는 두 발로 걸어갔어도 나올 때는 들것에 누워 나오겠다"고 혀를 찼다. 일흔에 묘막살이 계약을 체결했으니 문서대로라면 나는 여든에 묘지기에서 해방된다. 내가 그때까지 살 수 없으리라 짐작한 것이다. 올해로 나는 여든다섯 살이다. 나는 보란 듯이 여든이 넘은 나이까지 살아남았다. 그냥 살아남을 정도가 아니라 이렇듯 책을 쓰는 작가가 되어 꿈을 이루었다.

그러고 보니 문득 궁금해진다. 일흔에 전 재산을 잃고 협심증까지 앓던 나는 지금에 이르러 글을 쓰는 작가가 되었는데, 나보다 건강하고 젊고 가진 것 많던 문중 사람들은 그사이 어떻게 되었을까? 만에 하나 변한 것 없이 자기 자리에서 여전한 삶을 살아가고 있다면 그 또한 나쁘지 않다. 하지만 내가 여기까지 오는 동안 그들은 뭘 했는가? 그들만이 아니다. 세상 사람들은 뭘 했을까? 고작 이삼십 년을 살아놓고 세상에 좌절하고, 인생에 분노하는 젊은이들에겐 눈앞의 꽉 막힌 고시원 벽이 보일 뿐, 그 너머에 태양이 보이지 않는다. 물론 그 태양이 나를 지치게 만들 수 있다. 열사병으로 쓰러질 수도 있다. 하지만 그냥저냥 나이만 먹고 기운만 빠져나가고 매일 똑같은 그 자리에서 냉장고처럼 먹고 뱉으며 서 있는 것보다는 훨씬 낫다.

정확히 삼 년 만에 묘막을 나와 방 두 칸짜리 월세를 얻었다. 그 나이에 월세에서 산다는 것도 세상은 탐탁찮게 여길지 모르겠으나 나는 기쁘고 행복했다. 그와 동시에 '나는 무엇인가'라는 어린 시절부터 품어온, 절대로 양보할 수 없었던 불꽃은 점점 커져만 갔다. 이윽고 그 불꽃이 나를 억박지르기에 이르렀다. 어떤 모습으로 나를 드러내야 하는 것일까? 내 인생에서 가장 근본적인 고뇌를 해결하지 못하고는 한 발짝도 앞으로 나아갈 수 없다고 생각했다.

지금도 그날을 기억한다. 캄캄한 거실에서 내 몸은 소파에 깊숙이 파묻혀 있었다. 텔레비전 화면에 명멸하는 숱한 영상들. 나는 드라마에 집중하지 못했다. 가슴을 억누르며 내 몸 깊은 곳에서 말없이 불타오르는 불길만을 바라보고 있었다. 그 불길을 죽을 때까지 끌어안고 싶었다. 얼마 남지 않은 세월이라면 그래야 한다고 생각했다.

그러던 어느 순간에 눈앞이 환하게 열리는 것 같았다.

…… 그렇다. 내 안의 신성한 불꽃을 소중히 여기며 지키려고 했던 것이 잘못이었다. 하나뿐인 생명을 소중히 지켜야 한다고 생각했기 때문에 나는 약해졌다. 나 자신과 싸워야 한다. 나의 생명과 투쟁해야 한다. 투쟁하고 부딪혀서 나가떨어지면 된다.

바로 그때 불길이 내 몸 전체로 번질 것이다. 내가 지켜야 할 한줌의 불꽃이 아닌 나의 온몸을 던져버리는 폭발이 될 것이다. 그 뒤로는 아무것도 남지 않는다. 그저 폭발이 반복될 뿐이다. 그렇게 폭발하며 누가 보거나 말거나 밤하늘을 뒤덮으면 그만인 것이다.

사람들로부터 인정받고 싶다든가, 사회에서 내가 어떤 역할을 감당해야 한다든가 하는 문제가 아니었다. 여러 가지 상황을 고민하고, 그 상황에서 내가 얻을 수 있는 성과를 계산한다고 해서 내가 이 세상에 족적을 남기고, 인정받고, 누군가와 조화롭게 살아갈 수 있는 것은 아니다. 그저 무의미한 막다른 골목에 갇혀 절망하게 될 뿐이다.

그러나 지금 이 순간 무목적으로, 무상으로 나의 모든 생명과 정열을 '나'라는 통에 담아 불을 붙여버릴 수만 있다면, 그 존재를 폭발시킬 수 있다면, 이 막다른 골목은 내 앞에서 아무것도 아님을 깨닫게 된다.

그렇게 떨쳐버렸을 때 뜻밖에도 자유로워졌다. 인생과 예술의 공통점은 위기의 반복이다. 그리고 위기를 통해 위대한 영감이 떠오르고, 그 영감이 두려움 없는 폭발로 이루어졌을 때 마침내 '작품'이 된다. 인생이 예술일 수밖에 없는 이유이며, 그래서 내가 나 스스로를 폭발시키며 살아가는 이유다.

사랑은
꿈처럼
다가온다

해가 갈수록 결혼 연령이 더욱 늦어지고 있다는 뉴스를 보았다. 남자는 서른셋, 여자는 스물아홉이 초혼 평균 나이라고 한다. 요즘엔 삼십대 초반도 노총각, 노처녀로 불리지 않는다. 인식이 바뀐 탓도 있겠지만, 겉모습도 도저히 그 나이로는 보이지 않는다. 어려도 한참 어려 보인다. 세상이 좋아져 온갖 비타민에 무기질 같은 영양소가 넘쳐나기 때문인지, 아니면 날로 번창하는 강남구 성형외과 의사들의 수고 때문인지는 몰라도 얼굴만 봐서는 나이가 가늠되지 않는다. 서른만 넘어도 홀아비로 늙어죽게 생겼다는 걱정에 피가 말랐던 우리 때와는 사정이 달라져도 너무 달라졌다.

나는 올해로 결혼 사십육 년째다. 나이 마흔에 결혼했다. 사십오 년 전이니까 늦어도 그냥 늦은 게 아니다. 조혼이 보통이던 풍습에 따라 이른 나이에 결혼한 친구들 중엔 내가 결혼할 당시에 벌써 손자 녀석을 본 친구도 있었다. 술 마시다가 취재하러 가고, 밤새 기사 써서 편집부에 넘기고 또 술 마시는 생활의 반복이었다. 나이 마흔에 모아놓은 돈도, 가진 집도 없었다. 그 시절 기자 월급이면 적은 돈이 아니었으나 다음 달 월급봉투를 받아보기도 전에 술값으로 다 나갔다. 그야말로 여자들이 반드시 피해야 될 주정꾼이었으니 나 같은 남자를 누가 좋아할 리 없었다.

내 인생에 결혼은 없다고 생각하며 제 짝이 나타난 동생들부터 결혼시켰다. 조카들이 태어났고, 덕분에 장남으로서 집안을 이어야 한다는 부담감에서 자유로워졌다. 혼자가 편하고, 외로움에 익숙해져 누군가가 내 곁에서 나를 지켜본다는 것이 어색하고 쑥스러웠다. 기사를 쓰고, 사람들을 만나고, 탁주와 녹두빈대떡으로 꼬부라진 혓바닥 위에서 시린 시국을 꼴같잖게 주워섬기던 내 서른아홉 인생에 나는 불만도, 아쉬움도 없었다.

그런데 가끔 인생은 스스로 놀라운 사건을 준비하곤 한다. 특히 "인생 뭐 있어"를 입에 달고 살았던 나 같은 기회주의자, 좌로도 우로도 치우치지 않으려는 망설임을 중립의 증거라고 착각하는 나태한 인간들에게 삶은 한 번씩 폭탄을 던지곤 하는데, 그 위력이 히로시마에 떨어진 '팻맨'이라는 별명의 원폭만큼이나 불꽃이 거대했다. 사람의 마음과 생각으로 어찌 이런 일을 저질렀을까, 훗날 돌이켜 추억했을 때 소스라치게 놀랍기만 하다.

사십오 년 전의 무더웠던 여름날, 내 인생에도 폭탄이 투하되었다. 사건 취재로 찾았던 모 제과기업에서 일하는 스무 살짜리 여직원 아가씨에게 첫눈에 반한 것이다.

'삼포세대'가 들으면 기가 찰 노릇이다. 어디 감히 늙다리 아저씨 주제에 꽃다운 아가씨에게 들이대느냐며 '아청법아동청소년의 성보호에 관한 법률'을 들먹거릴지도 모르겠다.

그러나 사랑은 계산이 아니다. 상식도 아니다. 고민할 문제도 아니다. 사랑은 재난 현장을 닮았다. 갑작스럽게 닥친 감정의 재해는 사람의 힘으로 어찌할 수 있는 판국이 아니다. 평소의 내가 살던 세상이 아닌 것이다. 주체할 수 없는 감정이 하루에도 수십 번씩 해일이 되어 지극히 평온하던 일상을 망가뜨린다.

자연재해와도 비슷한 그 현장에는 폭풍과 해일에 잠겨 허우적거리는 내가 있다. 전셋집을 찾아 부동산에 들러 부자가 아닌 부모님을 원망하고, 미래가 없는 월급쟁이 신세에 한탄하고, 아직

착상着床도 되지 않은 나의 아기를 떠올리며 분유 값에 한숨 쉴 틈이 없다. 사랑은 지극히 이기적인 감정이다. 저 사람이 나와 함께 한다면 불행해지지 않을까? 내 욕심 때문에 그를 붙잡아두는 것은 집착이 아닐까? 그러니 사랑하기에 헤어질 수밖에 없지 않느냐고 말한다. 사랑하기에 헤어진다는 말은 배우 최무룡의 입에서 맨 처음 나왔다. 그는 당대 최고의 여류 스타였던 김지미와 사랑하다 헤어진 후로도 숱한 여인들과 사랑을 나눴다.

조건 앞에서, 나의 보잘것없는 현실 앞에서, 전셋집 앞에서, 나이 앞에서, 외모 앞에서 내 사랑이 작아 보인다면, 그래서 사랑하는 사람의 행복을 빌어주며 떠나보내는 것은 이미 사랑이 아니다. 사랑이 변질된 인애仁愛다. 인애는 남녀 간의 사랑이 아니다. 누군가의 행복을 위해 나의 행복과 바람을 희생시키는 선택을 하게 되었을 때, 그의 마음속에 잔존하는 감정은 사랑이 아니다. 긍휼이다. 상대를 사랑하는 게 아니라 가엾고 측은해서 도와주고 싶은 감정이 싹튼 것이다.

평생 그리워하며 살아갈 수도 있다. 피천득의 수필 〈인연〉에 나오는 사연처럼 "일생을 못 잊으면서도 서로 아니 만나고 살기도 한다."

그리움은 사랑이 아니다. 그리워한다고 해서 그 사람을 사랑

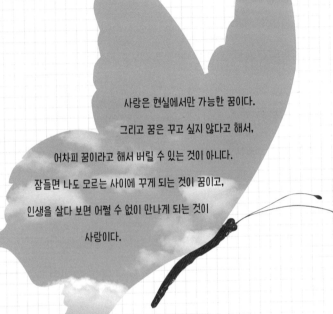

사랑은 현실에서만 가능한 꿈이다.

그리고 꿈은 꾸고 싶지 않다고 해서,

어차피 꿈이라고 해서 버릴 수 있는 것이 아니다.

잠들면 나도 모르는 사이에 꾸게 되는 것이 꿈이고,

인생을 살다 보면 어쩔 수 없이 만나게 되는 것이

사랑이다.

하고 있는 것은 아니다. 떠나보낼 수 있게 되었다면 사랑이 아니다. 떠나보내고 그를 위해 잘 참았다는 생각이 든다면 이미 그 사람을 사랑하지 않고 있다는 말밖에 되지 않는다.

우여곡절 끝에 나는 첫눈에 반한 스무 살 아가씨와 결혼했다. 결혼식 날 신부가 입장할 때 '결혼행진곡'이 식장에 울려 퍼졌다. 이 행진곡의 작곡자는 펠릭스 멘델스존이다. 그의 조부인 모제스 멘델스존은 칸트 시대의 계몽철학자로 별명이 '독일의 소크라테스'였다.

이 '독일의 소크라테스'에겐 평생토록 따라다닌 콤플렉스가 하나 있었다. 어려서 치른 소아마비 증세로 키가 유독 작은데다가 허리까지 구부정한 곱사등이였다. 천대받는 유대인 가정에서 태어나 오직 명석한 두뇌만으로 칸트에 버금가는 철학자가 되었건만, 사랑과는 거리가 멀어도 한참 먼 인생이었다.

그러던 어느 날 계몽주의에 관심이 많은 도시의 부유한 상인집에 점심 초대를 받았다. 그곳에서 모제스는 천사가 강림한 듯 눈부시게 아름다운 아가씨를 만난다. 상인의 딸이었다. 자신이 유대인이라는 것도, 볼품없는 곱사등이라는 것도 잊은 채 모제스는 사랑에 빠졌다. 거울에 드러난 추하게 튀어나온 등뼈도 부끄럽지 않았다. 아니, 그녀를 생각하기에도 시간이 모자라 자신의 비참한 처지를 돌아볼 겨를이 없었다.

그녀의 이름은 프롬체. 그녀를 만나기 위해 몇 번이나 상인의 집을 방문했으나, 아름답기로 칭송이 자자한 콧대 높은 아가씨 눈에 작달만한 곱사등이가 보였을 리 없다. 오히려 그의 추한 몰골과 마주치는 것을 불쾌해하는 표정이 역력했다. 사랑하는 사람이 보여주는 경멸의 눈빛이 날카로운 발톱처럼 모제스의 마음과 영혼을 찢어놓아도 그녀에 대한 사랑은 식지 않았다. 얼마나 포기하려고 노력했을까? 포기해야 한다고, 감히 이런 감정을 품는 것조차 죄악이라고 모제스는 숱하게 자신을 타일렀을 것이다. 하지만 '독일의 소크라테스'도 사랑 앞에서는 나약한 피조물에 불과했다.

어느 날 그는 프롬체를 찾아간다. 갑작스런 방문에 당황한 아가씨는 모제스에게 무슨 용건이냐고 차갑게 묻는다. 떨리는 가슴을 진정시키며 모제스는 자신을 내려다보는 아름다운 아가씨에게 운명에 대한 강론을 펼친다.

"프롬체 아가씨는 신께서 인연을 미리 짝지어 놓는다는 걸 믿으십니까?"

"네, 믿어요."

"그럼 아가씨는 미래의 인연이 누구인지 알고 계십니까?"

"아뇨."

"나는 알고 있습니다."

"말이 되는 소릴 하세요."

"우리 유대인은 아브라함의 후손입니다. 신께서는 특별히 아브라함의 후손들에게만 미래의 인연에 대해 알려주시죠. 나도 태어나기 전에 신을 만나 나의 인연이 누구인지 들었답니다."

프롬체는 재미있다는 듯 웃으며 물었다.

"그래서 하느님이 당신에게 뭐라고 말씀하셨죠?"

"너는 세상에서 가장 아름다운 사람으로 태어날 것이다. 너는 누구보다 명석한 두뇌를 갖게 될 것이다. 너는 그녀를 만나 사랑에 빠질 테고, 너희는 평생 사랑하며 살 것이다."

말이 끝나기도 전에 프롬체는 깔깔거리며 웃었다.

"하느님이 첫 번째 약속은 잊어버리신 모양이군요. 머리는 좋은 듯싶지만 아름다운 사람이라고는······."

"아직 얘기가 끝나지 않았습니다."

모제스는 자기보다 키가 머리 하나는 더 큰 프롬체의 냉소로 가득 찬 아름다운 얼굴을 올려다보며 말했다.

"그런데 신께서 다음에 이렇게 말씀하시는 겁니다. 너는 세상에서 제일 아름다울 테지만 네가 사랑하게 될 그녀는 곱사등이에 추한 얼굴로 태어날 것이다. 모두가 그녀를 미워하겠으나, 오직 너만이 그녀를 사랑할 것이다. 그 말을 듣고 저는 외쳤습니다. 오, 신이시여! 안 됩니다. 그것만은 절대로 안 됩니다. 그녀를 세상에서 가장 아름다운 여인으로 만들어주십시오. 차라리 제가 곱사등이에 추한 얼굴을 갖겠나이다. 제가 대신 미움 받게 해주소서."

이 말을 마치고 모제스는 프롬체에게 손을 내밀었다.

"신은 저와의 약속을 잊지 않으셨습니다."

한동안 말없이 모제스를 바라보던 프롬체는 이윽고 그가 내민 손을 잡았다.

모제스와 프롬체의 손자인 펠릭스 멘델스존은 셰익스피어의 희곡《한여름 밤의 꿈》을 읽고 매료되어 같은 제목의 서곡 〈한여름 밤의 꿈〉을 작곡했다. '결혼행진곡'은 그 마지막을 장식하는 아름다운 피날레다. 어쩌면 멘델스존은 '결혼행진곡'을 작곡하면서 그의 조부모를 떠올렸을지도 모른다. 곱사등이와 눈부시게 아름다운 아가씨의 사랑보다 더 꿈같은 이야기가 또 있을까?

사랑은 현실에서만 가능한 꿈이다. 그리고 꿈은 꾸고 싶지 않다고 해서, 어차피 꿈이라고 해서 버릴 수 있는 것이 아니다. 잠들면 나도 모르는 사이에 꾸게 되는 것이 꿈이고, 인생을 살다 보면 어쩔 수 없이 만나게 되는 것이 사랑이다.

사는 게 힘들고 세상이 어지럽다고 해서, 내가 가진 것이 적다고 해서 사랑을 피해서는 안 된다. 사랑할 자격이 아직 없다는 변명으로 사랑의 결과까지 두려워해서는 안 된다. 사랑은 무더운 여름밤을 순식간에 사라지게 만드는 꿈이다. 인생이 가뜩이나 힘겨운 내게 왜 사랑까지 던져주는 것일까? 이 고단한 삶의 여정에서 기쁨과 행복이 있음을 가르쳐주기 위해서다.

잠든 자는 꿈을 꾸는 법이다. 이 뜨거운 여름밤에 꿈꾸지 아니한다면 내일 아침에 우리는 잠들지 못한 퀭한 눈빛으로 더욱 고단해진 발걸음을 옮겨야 할 것이다.

넘지 못할 담벼락은 없다

뉴욕 할렘은 범죄가 많이 일어나기로 유명하다. 마약, 실업, 가난, 폭력, 인종차별로 색칠된 이곳의 이미지는 어둡고 우울하다. 세계 제일의 도시 안에 좀처럼 다가가기 쉽지 않은 '할렘'이 자리하고 있다. 할렘의 주민들은 자기 동네를 '게토'라고 부른다.

19세기만 해도 할렘은 백인 중산층들의 주거지였다. 20세기에 접어들면서 제1차 세계대전이 터졌고, 이후 부동산 경기가 악화되었다. 엎친 데 덮친 격으로 1929년 미국은 대공황까지 맞아야 했다. 중산층이 몰락하면서 집세를 감당하지 못하게 된 백인들이 할렘을 빠져나갔고, 빈자리를 흑인들과 중남미 이민자들이 채우게 되었다. 그들은 가진 게 없어 돈을 쓰지 않았고 당연히 지역경제는 점점 더 나빠졌다. 장사가 안 되는 상점들이 문을 닫는 바람에 밤만 되면 거리가 깜깜해졌다. 그렇게 할렘은 그들만의 구역, 버려진 구역, 소외받고 패배한 이들의 구역을 의미하게 되었다. 원래부터 할렘이었던 게 아니다. 할렘이 되어온 것이다.

할렘의 또 다른 이름인 '게토'의 어원은 히브리어다. 히브리어로 '절연絶緣'을 뜻하는 '게트ᵍᵉᵗ'가 이탈리아에서 '게토'로 바뀐 것이 시초다.

1179년 제3회 라테라노 공의회에서 기독교도와 유대교도의 교류를 금지하는 법안이 발효되면서 유럽의 유대인 차별이 시작되었다. 그리고 14세기에 페스트가 유행하면서 유대인에 대한 차별이 더욱 심해졌고, 유대인 주거지역을 교회에서 멀리 떨어진 곳으로 지정하게 되었다. 당시 이탈리아에서는 도시 외곽에 담벼락을 치고 그곳에 유대인을 가두었다. 그들은 담벼락에 둘러싸인 게토 안에서만 생활해야 했다. 유대인은 담벼락 밖으로 나올 수 없었고, 유대인이 아닌 자들은 이 담벼락 안으로 들어가지 않았다. 그게 바로 게토다.

게토는 매우 좁았다. 유대인은 점점 불어났고 집을 세울 면적이 옆으로 퍼져 나갈 수 없게 되자 유대인은 궁리 끝에 집을 포개어 위로 쌓는 방법을 고안해냈다. 역사상 최초로 아파트가 건설된 것이다. 가게를 내어 장사할 수 없었기에 유대인은 짐수레에 잡화부터 옷, 생필품, 고기, 생선, 학용품, 신발, 악기 등 담을 수 있는 모든 것을 담아 팔았다. 짐수레로 돈을 벌어 가게를 낸 뒤에도 한군데 상점에서 모든 것을 구입할 수 있게끔 물건을 갖춰놓았고, 이는 곧 백화점의 시초가 되었다. 생존하기 위해 그들은 적응했고, 적응은 곧 그들의 삶을 변화시켰다. 그렇게 변화된 삶이 그들을 진보시켰다.

처음 게토가 등장하고 구백 년이 지난 오늘날에도 여전히 게토는 존재한다. 뉴욕의 할렘이나 요즘 외국인들이 많이 살고 있는 구로나 안산의 공단지대 혹은 서울 변두리의 고시촌을 말하는 게 아니다. 우리 삶을 둘러싸고 있는 환경이야말로 넘지 못할 담벼락, 무너지지 않는 철의 장벽이다. 학력, 스펙, 나이, 성별, 외모가 우리의 게토다. 우리는 세상이 만들어놓은 기준이라는 게토 안에 갇혀 조금씩 길들여지고 있다. 이것들은 보이지 않기에 더 무섭다. 보이지 않기에 피해갈 수도 없다. 우리의 생각, 감정, 일상이 보이지 않는 게토 안에서 억눌린다.

대학을 졸업해 취직원서를 써넣으면 자동 프로그램에서 학교명으로 검색하는 1차 분류가 진행된다. 이어서 토익 성적으로 2차 분류가 행해지고, 여기서 살아남아야만 내가 쓴 자기소개서가 누군가의 손에 전달된다. 수백 군데 원서를 넣어봐야 누가 읽어주지도 않을 것을 밤 새워 쓰고 지우고를 반복하는 것이다.

스무 살에는 대학생이어야 하고, 서른 살이 넘기 전에 취직을 해야 하고, 직장이 생기면 몇 년 안에 결혼하고, 결혼해서 아이는 한 명만 낳는다. 스무 살에는 뭘 해야 하고, 서른 살에는 어떤 사람이 되어 있어야 하고, 마흔 살에는 그걸 가지고 있어야 하고, 쉰 살에는 수중에 돈이 그만큼 있어야 한다. 정해진 길, 더 이상 넘어가서는 안 될 장벽 안에 갇혀 있는 것이다.

이렇게 바깥에 둘러쳐진 게토에 적응하는 사이에 내 안에도 게토가 만들어졌다. 나와 다른 누군가를 차별하고, 나와 다른 생각을 가진 사람들을 부정한다. 게토의 억압에 길들여진 자들과 함께 둘러쳐진 담벼락 안에서 순응하는 삶을 당연시 받아들인다. 그게 최선이라고 믿는다.

'루프트 멘츠luft mensch'라는 독일어가 있다. 루프트는 공기, 멘츠는 인간. 직역하면 '공기 인간'이다. 유럽에 흩어져 살던 유대인을 가리키던 말이다. 영어에도 'luftmensch'가 있다. '세상사에 어둔 사람, 융통성이 없는 사람'이라는 뜻이다. 어째서 독일어 '공기 인간'이 영어로 넘어가 '융통성이 없는 사람'이 되었을까?

'융통성'의 사전적 의미는 '그때그때의 사정과 형편을 보아 일을 처리하는 재주, 또는 일의 형편에 따라 적절하게 처리하는 재주'를 말한다. 즉 융통성이 없다는 것은 사정과 형편을 고려하지 않는다는 뜻이다. 외부 형편에 따라 상황을 적절히 처리하지 못한다는 뜻이다. 길들여지지 않고, 시키는 대로 하지 않고, 이왕이면 다홍치마라고 나도 좋고 남도 좋은 결과가 무엇인지 따지는 대신에 오로지 나의 의지, 나의 생각, 나의 욕구를 배반하지 않고 철저히 수용한다는 뜻이다.

게토의 유대인은 그렇게 행동했다. 공기가 되어서라도 게토라는 경계와 한계에서 벗어나려고 몸부림쳤다. 그로 인해 때로는 실패했으며, 더 큰 억압에 직면했으며, 아무것도 하지 않는 삶보다 훨씬 더 힘겨운 고난을 겪어야 했다. 그럼에도 불구하고 유대인은 게토에 머무르려 하지 않았다. 그 모습이 게토 밖 사람들 눈에는 '공기 인간'이 아닌 '융통성 없는 사람'으로 보였을 것이다. 저렇게까지 할 필요가 있을까? 어차피 안 될 일인데 그냥 살면 편할 것을 왜 저리도 무모하게 시도하는 걸까? 한심스레 비쳤을 것이다.

하지만 구백 년이 지난 지금 세계를 움직이는 것은 게토 밖에 있던 사람들이 아닌, 게토 안에 있던 유대인들이다. 사람으로는 살 수 없어 공기가 되어서라도 나를 가둬놓은 담장너머로 뛰어넘기를 꿈꾸던 그들은 마침내 진짜 공기 같은 존재가 되었다. 우리 삶 모든 영역에 보이지 않는 유대인의 권력과 재력과 상품과 가치관이 공기처럼 침투해 우리는 처음부터 그랬던 것처럼 그들이 만든 세상을 호흡하고 있다. 보이지도 않고, 만져지지도 않는 공기 없이는 생명이 존재할 수 없다. 게토가 유대인을 공기로 만들었고, 공기가 된 유대인이 우리 생명을 좌우하고 있는 것이다.

이탈리아 베네치아의 유대인 게토 담장에는 이런 글귀가 새겨져 있었다.

"나는 공기가 되어 이곳을 빠져나가리라."

'공기 인간'의 어원이다.

공기 없이는 생명이 살아갈 수 없다. 그러나 사람들은 공기처럼 보이지 않는 존재, 맛도 없는 존재, 만질 수도 없는 존재가 되는 것을 사라짐이라 말한다. 기억되지 못하는 것이라고 말한다. 실패라고도 말한다. 그래서 사람들은 게토 밖으로 나아가지 못하고 담벼락을 무너뜨리지도 못한 채 자기 안에 또 다른 게토를 만들어 그 안에서 홀로 안심한다. 나를 가둔 우리가 세상으로부터 나를 보호해주는 장치라고 스스로를 속이는 불행에 눈을 감아버리는 것이다. 그런 생이 행복할 리 없다. 만족스러울 리 없다. 자랑스러울 리 없다. 게토에서 사육당하는 삶에 적응했더라면 오늘날과 같은 유대인 파워는 세상에 없었다.

나는 오늘도 공기가 되기를 꿈꾼다. 나의 선택과 고집과 열정이 반드시 사람들에게 꼭 필요한 날이 오리라고 믿는다. 그 누구보다도 나에게 나 자신이 필요한 존재가 되기를 바란다. 세상의 어떤 가치관도, 도덕과 종교도, 법과 질서도 그것이 울타리가 되어 나를 움츠리게 만들고, 계산하게 만들고, 나의 열정을 저울에 올려 측량하게 만든다면 나는 보잘것없는 공기가 되어서라도 게토 밖으로 빠져나갈 것이다. 만에 하나 내 안에서 안 된다는 목소리가 들린다면, 남들이 비난할 것이라고 속삭인다면, 이 또한 용납하지 않을 것이다.

인생에서 가장 무서운 감금은 내 안의 담벼락, 내 안에서 내가 만든 게토에 스스로 찾아들어가는 것임을 알고 있기 때문이다.

이상해야

살아남으리라

일본 중서부의 중심 도시인 나고야 현 외곽에 대학연구소를 연상시키는 4층짜리 건물이 있다. 건평 천 평에 직원은 백십사 명. 2013년 순이익 칠백억 원, 이익률 45퍼센트, 재무지표에서 부채는 오십 년 넘게 영 원을 기록 중인 회사다.

직원 한 사람당 특허권은 평균 열 개이며, 성과급과 보너스를 제외한 최저 연봉은 오천만 원, 평균 연봉은 이억 원에 육박한다.

일본뿐 아니라 전 세계의 주목을 받고 있는 기업으로 창업주인 하세가와 사장은 강연 때문에 바빠서 회사에는 거의 출근하지 못할 지경이다. 도요타, 애플처럼 세계경제를 이끄는 초超거대기업들의 임직원들이 수시로 나고야 외곽에 있는 4층짜리 이 건물을 견학하고, 중국 재정부의 고위관리들은 90년대 초반부터 연례행사처럼 이곳에서 '학습회'를 경험한다.

회사 이름은 '메이난名南제작소.' 대체 어떤 곳일까? 자동차부품 메이커일까? 아니면 요즘 가장 '핫hot'하다는 IT전자제품 메이커일까? 혹은 트위터나 페이스북 같은 소셜네트워크 회사일까?

바로 목공기계를 제작·판매하는 공장이다. 쉽게 말해 목공소에서 쓸 기계를 만드는 곳이다. 사양산업의 결정판이자 3D산업의 대표격이라 할 수 있는 목공기계 공장이 스마트폰으로 전 세계가 하나 되는 21세기까지 살아남아서 '기업쇠멸론'이 대두되는 신자유주의 시대를 마음껏 비웃을 수 있게 된 것이다. 이유가 뭘까?

정답은 '이상한' 회사였기 때문이다.

일본에서는 메이난제작소를 '이상한 회사'라고 부른다. 왜냐하면 공장에서 기계를 만드는 근무시간보다 사내 '학습회'에서 공부하는 시간이 더 많기 때문이다. 학습회란 매주 월요일마다 전 사원이 참가하는 '물리학습회'를 말한다. 이 학습회야말로 1953년 창업 이래 올해로 육십 년째 매년 성장을 거듭하고 있는 비결이자 메이난제작소의 핵심 자산이라고 할 수 있다.

메이난제작소 직원들의 평균학력은 고졸이다. 그마저도 야간
고등학교 졸업생들이 대부분이다. 창업주인 하세가와 사장은 이
들과 함께 물리학을 공부한다. 상식적으로 생각했을 때 공부를 싫
어해서 성적이 나쁜 학생들이 야간고등학교로 진학한다. 헌데 그
런 사람들이 입사한 메이난제작소에서 물리학 공부를 시키고 있
으니 반발은 예상할 수 있을 것이다.

그러나 하세가와 사장은 단호하다. 물리학을 공부하지 않겠
다는 직원에겐 웃돈을 퇴직금으로 얹어주고 내보낸다. 반대로 물
리학 성적이 좋은 직원에겐 보너스를 100퍼센트씩 지급한다.

그럴만한 이유가 있다. 메이난제작소는 목공기계 메이커다.
원목을 재단해서 목재로 만드는 과정은 처음부터 끝까지 물리학
의 지배를 받는다. 따라서 그런 기계를 만드는 기술자는 당연히
물리학에 정통해야 한다. 경험에서 비롯되는 엔지니어로서의 능
력뿐 아니라 한 그루 나무가 목재가 되어 집을 짓고 건물을 올리
고, 수십 년간 변함없이 땅 위에 굳건히 서 있게 되는 원리인 자연
법칙을 완벽하게 이해했을 때 시장이 미처 생각하지 못한, 소비자
마저도 필요성을 절감하지 못한 새로운 상품을 제작하여 목공기
계산업의 혁신을 주도할 수 있게 된다고 믿었기 때문이다. 그 믿
음은 메이난제작소의 사훈에서도 잘 드러난다. 뉴턴의 물리학법

칙인 'F=ma'가 이 회사의 사훈이다.

메이난제작소는 백십사 명이 근무하는 소규모 기업이다. 그리고 이들 모두는 저마다 평균 열 건 이상의 특허권을 보유하고 있다. 기업 전체로 보면 천여 개 이상의 특허권을 보유하고 있는 셈이다. 야간고등학교를 졸업한 단순 육체노동자를 도쿄대학 물리학과 학생들도 혀를 내두를 '물리학 박사'로 기업에서 키워낸 결과, 천하의 미쓰비시중공업에서 특허료를 내고 메이난제작소의 기계를 대량 생산한다. 그러는 동안 메이난제작소 직원들은 시장에 존재하지 않는 보다 나은 기술이 접목된 신제품을 개발하고 다시금 시장을 선도한다.

이 특별한 회사의 출발은 하세가와 사장의 불우한 청년시절에서 비롯되었다. 빚쟁이에게 쫓겨 야반도주가 일상이었던 대가족의 둘째로 태어난 하세가와는 중학교를 졸업한 열다섯 살 어린 나이에 공장에 취직한다. 기술을 배우고 싶었지만, 직원을 나사쯤으로 여기는 관리자들에게 상처를 받고 이 공장, 저 공장 떠도는 방황이 시작되었다. 노동환경을 바꿔보려고 노조에 가입했다가 감옥에도 가고, 신기술을 개발해 망해가는 회사를 살려냈지만 기업주가 혼자 이익을 독차지하는 것을 보고 회사를 뛰쳐나와 백수로 지내기도 했다.

열다섯 소년시절부터 이십대 중반까지 겪은 사회와 회사는 하세가와에게 늘 아쉬움과 상처만 남겼다. 왜 세상은 바뀌지 않을까? 정말 바뀔 수 없는 것일까?

마침내 하세가와는 스물여섯 살에 독립을 결심한다. 무일푼이나 다름없었지만 저지르고 본 것이다. 자신처럼 의욕이 넘치는 청년들이 꿈을 실현시키려면 스스로 회사를 만들어내는 수밖에 없다고 절감한 것이다.

아는 분이 운영하는 철공소 한쪽 구석에 책상을 갖다놓고, 말을 안 듣는다는 이유로 같이 회사에서 해고당한 동료 세 명을 불렀다. 메이난제작소의 시작이었다. "우리는 인간으로 태어났다. 인간인 우리가 만든 회사는 인간다움의 집합체여야 한다"는 신념으로 똘똘 뭉친 그들의 첫 번째 업무는 'F=ma'라는 뉴턴의 물리학 법칙을 사훈으로 결정한 것이었다. 스물여섯 동갑내기 청년들의 목표는 돈 벌어서 부자가 되자, 우리를 무시했던 세상에게 보란 듯이 성공해 보이자, 우리를 괴롭혔던 사람들에게 복수하자가 아닌 세상을 지배하는 물리학의 법칙이 실현되는 제품을 만드는 데 있었다. 좋아하는 일을 즐기고, 만들고 싶은 제품을 개발하고, 우리가 일하고 싶은 회사를 만드는 데 있었다.

"월급은 많이 줄 수 없지만 네가 만들고 싶은 걸 만들 수 있다"는 말에 많은 청년 기술자들이 하세가와 사장 밑으로 들어왔고, 전례가 없던 신제품들은 출시될 때마다 대성공을 거두었다. 세 명으로 시작한 회사의 사원이 백 명을 넘어서자 하세가와 사장은 두 번째 결단을 내린다. 월급제를 버리고 차원제次元制를 도입한 것이다.

차원제란 직원의 차원에 따라 급여가 결정되는 연봉 시스템이다. 보통은 직급과 연차(호봉)에 따라 급여가 결정된다. 즉 오 년을 근무한 직원은 십 년을 근무한 직원보다 연봉이 적고, 과장은 대리보다 연봉이 높다.

하지만 메이난제작소에는 연차도, 직급도 없다. 사장 이하 모든 직원의 직급이 동일하고, 연차에 따른 호봉도 없다. 그가 소화해낼 수 있는 업무가 1차원인가, 2차원인가, 3차원인가에 따라 그에 걸맞은 연봉이 주어진다.

차원제의 기준은 0.5차원에서 5차원까지 있다. 신입사원은 0.5차원에서 출발하는데, 0.5차원의 정의는 '아직 자기 역량을 충분히 발휘하지 못하고 있으며, 동료의 업무에 관여할 여유가 없는 직원'이다. 1차원은 '주어진 업무를 혼자 해결할 수 있는 직원'이며, 1.5차원은 '선배의 도움을 받아 장기 프로젝트를 기획부터 판매까지 이끌 수 있는 직원', 2차원은 '대여섯 명의 직원을 논리적으로 설득해 리드할 수 있는 직원', 2.5차원은 '자신의 평소 행동과 논리로 스무 명의 개성적인 직원을 리드할 수 있는 직원', 3차원은 '3차원 이하 직원들은 고도의 인간성으로 지도할 수 있는 직원', 4차원은 '3차원인 직원을 리드할 수 있는 직원', 5차원은 '4차원인 직원을 리드할 수 있는 직원'이다.

더욱 놀라운 것은 차원제의 핵심인 차원의 결정권이 회사에 있지 않다는 것이다. 본인 스스로 자신이 몇 차원에 해당되는지 회사에 보고한다. 그러면 회사는 주변 동료들에게 의견을 묻는다. 과반 이상 동의했을 때 해당 직원의 차원이 결정되고, 차원에 따른 연봉이 주어지는 식이다. 메이난제작소에서는 내가 받을 연봉뿐 아니라 동료 직원, 선배, 후배가 받을 연봉까지 내가 결정해야 한다. 이렇게 하는 이유에 대해 하세가와 사장은 '인간이 만든, 인간이 다니는 회사'이기 때문이라고 밝힌다.

대부분의 사람이 다달이 월급을 타려고, 그래야 먹고 살 수 있으니까 직장을 구한다. 대학졸업장이 아까워 대기업의 문을 두드린다. 복지가 괜찮다는 말에 공무원을 꿈꾼다. '내가 몇 차원의 인간으로 성장할 수 있을까?'라는 질문은 어디에도 없다. 기성세대를 비난하기에 앞서 왜 우리에겐 하세가와 같은 청년이 없는지 묻고 싶다.

사람답게 일하고 싶다, 정의로운 기업문화를 바란다, 일자리를 늘려달라…… 요구만 할 줄 알지 정작 스스로 없는 것을 만들어내려는 창조적 발상은 찾아보기 힘들다. 토익, 학위, 학점 같은 지표만 높았지 자기 옆 사람조차 이끌 힘이 없다. 정확히는 자기를 이끌고 나갈 의지조차 없다. 메이난제작소의 차원제였다면 0.5차원도 안 되는 수준이다.

누가 봐도 이 세상은 이상하다. 정상적이었던 시대는 없다. 이런 세상에서 "넌 좀 이상하다", "넌 왜 우리와 다르냐"는 비난은 칭찬으로 들어야 한다. 그만한 용기와 절박감이 없다면 실천이 따르지 않는 불평은 기저귀를 갈아달라는 젖먹이의 울음밖에 되지 않는다. 그럼 몇 살이 되어서도 젖먹이 취급을 받을 수밖에 없다.

정상은
언제나
그 자리에 있다

세계 최초로 히말라야 8,000미터급 16좌를 완등한 주인공은 산
악인 엄홍길 씨다. 십육 년이라는 세월이 걸렸다. 텔레비전에서도
자주 특집 프로그램으로 그의 히말라야 원정을 취재해서 방영하
곤 했다. 눈 덮인 설원을 걸어가도 고독하고 힘겨운데 그는 몇 날
며칠 잠도 제대로 자지 않고 설산雪山을 오른다. 거대한 자연과 맞
서 싸우는 작은 개인의 용기에 우리는 지쳐버린 일상을 잠시 내
려놓고 위로받는다.

히말라야 고산 등반에 소용되는 짐(식량부터 텐트, 옷가지 등)은

수백 킬로그램에 이른다. 이를 혼자서 다 짊어질 수는 없어서 '셰르파'를 고용한다.

산악인들의 히말라야 등정을 도와주는 '셰르파'를 모르는 사람은 없을 것이다. 셰르파는 원래 에베레스트 남쪽 기슭인 쿰부 지역에 사는 티베트족 명칭이었는데, 고산족인 이들의 산악 등반 능력이 알려지면서 셰르파는 히말라야 등반을 책임지는 안내인의 대명사가 되었다.

셰르파족으로 태어나 셰르파라는 직업을 갖게 되는 것은 숙명과도 같다. 그들은 몸이 버텨내는 한, 셰르파로 일한다. 그런 사람들에게 지난 4월 18일 최악의 사건이 닥쳤다.

그날 새벽 셰르파 스물한 명이 히말라야 등정 코스 중 가장 인기 있는 '팝콘필드'로 출발했다. 고객들이 좀 더 편하게 등정할 수 있도록 빙하에 설치해놓은 등반용 밧줄을 수리하기 위해서였다. 해가 뜨면 눈이 녹아 위험하기 때문에 최대한 빨리 작업을 끝마쳐야 했다. 사다리 두 개를 아슬아슬하게 걸쳐놓고 작업하던 도중에 절벽 위에서 눈사태가 일어났다. 이 사고로 스물한 명 중 열여섯 명이 목숨을 잃었다. 인간이 히말라야에 오르기 시작한 이래 하루 동안 가장 많은 생명이 희생된 순간이었다.

전 세계 산악인들이 히말라야 산맥 곳곳에 마련된 베이스캠

프에서 편안히 음식을 먹고 고산병에 대비해 컨디션을 조절하는 동안 셰르파는 주린 배를 움켜쥐고 눈이 녹고 있는 한낮에 산을 탄다. 고객들이 안전한 밤에 등반할 수 있도록 그들을 대신해 위험을 무릅쓰는 것이다.

히말라야 등반에 소요되는 비용은 십만 달러 남짓. 히말라야는 만 년 전에도 있었고, 올해도 있고, 내년에도 있고, 수천 년 뒤에도 있을 테지만, 달라지지 않는 것은 셰르파의 몸값 사십삼만 원이다. 사십삼만 원은 히말라야 등반대를 돕다가 목숨을 잃은 셰르파에게 주어지는 보상금이다. 히말라야를 정복하고 싶다는 인간의 탐욕이 셰르파의 목숨 값 사십삼만 원 위에서 춤을 추고 있는 셈이다.

1953년 5월 29일 오전 열한 시 삼십 분, 8,848미터의 세계 최고봉 에베레스트(영국의 측량국장 조지 에베레스트에서 따온 명칭. 티베트어로는 초모롱마, 네팔어로는 사가르마타로)에 역사상 처음으로 인간의 발자국이 찍혔다. 그것도 무려 두 명이 한꺼번에 족적을 남겼다. 뉴질랜드에서 벌꿀을 치던 에드먼드 힐러리라는 무명의 산악인과 티베트 출신 셰르파 텐징 노르가이였다. 이들은 존 헌트 대령이 이끄는 영국의 히말라야 원정대 소속 2차 등반조였다. 이 등반에는 무려 사백 명의 셰르파가 동원되었고, 이들은 매일 같이

십 톤 이상의 장비와 식량을 운반했다.

1차 등반조는 전원 영국인으로 구성되었고, 뉴질랜드 출신 힐러리는 2차 등반조에 소속되었다. 그런데 운명의 장난인지 에베레스트 정상을 코앞에 두고 1차 등반조가 정상 등극에 실패하면서 2차 등반조인 힐러리에게 생애 최고의 기회가 돌아간다. 힐러리는 헌트 대령에게 부탁해 셰르파 한 명을 등반조에 포함시켜 달라고 요구했다. 경험 많은 텐징과 함께 하기 위해서였다. 그리고 두 사람은 마침내 인류 최초로 에베레스트 등반에 성공했다.

그리고 오늘날까지 논쟁이 끊이지 않는 사건이 발생했다. 둘 중 누가 먼저 정상을 밟았느냐는 것이다. 공식적으로는 영국령 뉴질랜드 출신의 힐러리가 세계 최초로 에베레스트를 정복한 첫 번째 인간으로 기록되었지만, 사람들은 의심을 그치지 않았다. 결국 힐러리는 그날의 진실을 밝혔다. 오전 열한 시쯤 정상 바로 앞에 먼저 도착한 사람은 텐징이었다는 것이다. 하지만 정상을 먼저 밟은 사람은 텐징이 아닌 힐러리 본인이었다고 말했다.

텐징은 마음만 먹었으면 최초로 에베레스트 정상에 오른 영광의 주인공이 될 수 있었지만, 그러지 않았다. 지쳐서 뒤에 처진 힐러리를 정상 밑에서 삼십 분 넘게 기다려준 것이다. 그리고 힐러리에게 먼저 정상을 밟을 수 있는 기회를 양보하고, 잠시 숨을 정상은 언제나 그 자리에 있다.

그리로 향하는 걸음은 각자의 선택이다.

오르고 잠시 머물다가 내려와야 되는 길을 택할 것인지,

계속 오를 수 있는 길을 택할 것인지는 각자의 몫이다.

인생은 생각보다 길다.

내려온 뒤의 시간을 생각하지 않을 수 없다.

고른 뒤 악수를 청하는 힐러리를 껴안아주었다. 텐징이 에베레스트에서 한 일은 딸이 준 색연필로 에베레스트 꼭대기 바위에 색을 칠한 것이었다.

텐징에게 에베레스트는 물리쳐야 할 적도, 정복해야 될 땅도 아니었다. 어머니 무릎과 같았다. 아들이 어머니 무릎을 찾듯 셰르파로 태어난 텐징에게 산을 오르는 것은 즐거운 놀이이자 행복이었다. 그에게 산꼭대기는 목표가 아닌 삶 그 자체였다.

그러나 힐러리에게 에베레스트 등정은 생애에 반드시 이루고 싶은 소망이자 목표였다. 그것을 알고 있던 텐징은 아무런 욕심 없이 힐러리에게 그 명예를 양보한 것이다.

히말라야 산맥에서 태어난 셰르파들에게 에베레스트는 세계에서 가장 높은 특별한 봉우리가 아니다. 거대한 산의 일부일 뿐이다. 그들은 산에 오를 뿐, 에베레스트에 오르는 것은 아니라고 말한다. 티베트 셰르파족의 언어체계에는 '정상'을 의미하는 단어가 없다. 그래서 '정상을 정복했다'는 말을 할 줄 모른다.

티베트 히말라야 산자락의 카르타 계곡에서 셰르파족으로 태어난 텐징의 본명은 남걀 왕디. 가난 때문에 부잣집 하인 노릇을 하던 중에 라마 사원 승려의 권유로 '텐징 노르가이'로 개명한다. '행운이 따르는 부유한 삶'이라는 뜻이다.

열두 살부터 남의 집 종살이를 해서 모은 돈으로 야크(티베트 들소)를 사서 키웠지만 전염병으로 잃고 다시 빈털터리가 되고부터 셰르파 일을 하기 시작했다. 제대로 된 집도 없어 해발 5,000미터의 벼랑 끝에 아슬아슬하게 세워진 사원에서 숙식을 해결하며, 두 주에 한 번씩 60킬로그램이 넘는 등짐을 지고 벽안碧眼의 이방인들 뒤에서 묵묵히 히말라야를 올랐다.

서양의 유명 등산가들이 사진촬영이 있을 때만 산소 마스크를 입에서 떼며 에베레스트를 정복하겠다고 의기양양하게 선포할 때 텐징 같은 셰르파들은 해발 7,000미터까지 양말도 신지 않은 채 수십 톤의 등산장비와 식량을 부지런히 날랐다. 두 명의 등산가가 보통 이십 명의 셰르파를 고용했고, 그렇게 히말라야를 찾은 등산가들은 고국으로 돌아가 영웅이 되었다. 그들이 히말라야라는 이름을 팔아 부와 명성을 누리는 동안 셰르파들에겐 하루 일당 몇 달러가 주어진다. 그 돈이면 고단한 저녁 식탁에 가족이 좋아하는 고기 반찬을 올릴 수 있다. 그래서 셰르파들은 지난 반세기 동안 남이 먹을 음식과 남이 입을 점퍼와 남이 잠들 텐트를 지고 매일 같이 히말라야에 올랐다. 누군가의 정상을 위해 자기 자신을 희생시키는 것이다.

세상을 살다 보면 정체성의 혼란을 느끼게 될 때가 있다. 나는 지금 힐러리가 되어가고 있는가, 아니면 누군가의 정상 등정을 위해 텐징 노르가이로 소모되고 있는가. 영광은 힐러리에게, 그에 따른 고난과 인내와 절망은 텐징 노르가이에게 주어지는 것 같아 불공평하다. 도저히 받아들일 수가 없다. 나는 에베레스트라는 세상사람 모두가 인정하는 정상을 향해 나아가고 있음을 의심하고 싶지 않다.

그런데 현실은 목숨 값 사십삼만 원짜리 셰르파 같다. 내가 아니어도 얼마든지 나와 같은 소모품을 세상은 또 구하게 될 것이다. 정상까지 두 발자국 남겨두고 다시 내려오기를 반복해야 한다. 삶이 재미없어지는 순간이다. 나의 존재가 깃털처럼 가볍게 느껴지는 아픈 상처들이 재발된다.

"나는 적을 물리치는 병사가 아니다. 어머니 무릎에 오르는 아기다. 내가 하고 싶은 모든 말이 에베레스트에 있다."

왜 힐러리에게 에베레스트 정상을 양보했느냐는 서방 언론의 질문에 대한 텐징 노르가이의 대답이다. 힐러리는 에베레스트를 정복하고 에베레스트를 떠났다. 텐징 노르가이는 힐러리가 떠나고 삼십 년이 지난 후에도 여전히 에베레스트에 남았다.

정상에 오르는 것을 사랑하는 사람은 언젠가는 정상에서 내려와야 한다. 정상을 사랑하는 것이 아니라 정상에 올랐다는 명예를 사랑했기 때문이다. 결말이 정해진 과정이므로 계획이 틀어질까 염려하는 시간들이 고단하다. 일정이 지켜져야 될 정복이므로 주위를 둘러볼 여유 따위는 없다. 스폰서가 제공한 구스다운을 입고 제 시간에 맞춰 정상에 도착해야 한다는 부담감 때문에 다큐멘터리에 나오는 산악인들의 표정은 비장하다 못해 뭔가에 짓눌린 것처럼 한 걸음 한 걸음이 고통스러워 보인다. 반면에 그들 뒤에서 무거운 짐을 짊어지고 뒤따르는 셰르파들의 표정은 천진난만하다. 그들에겐 오늘 산을 오르지 못해도 내일이 있다. 에베레스트는 늘 그 자리에 있다.

정상을 사랑하는 사람은 언제나 정상에 머문다. 그의 삶마저 정상의 일부가 되는 것이다. 힐러리는 에베레스트를 오른 최초의 산악인으로 역사에 기록되는 영광을 얻었지만, 텐징 노르가이의 삶은 에베레스트가 우뚝 솟아 있는 히말라야 산맥의 일부가 되는 행복을 얻었다.

정상은 언제나 그 자리에 있다. 그리로 향하는 걸음은 각자의 선택이다. 오르고 잠시 머물다가 내려와야 되는 길을 택할 것인지, 계속 오를 수 있는 길을 택할 것인지는 각자의 몫이다. 인생은 생각보다 길다. 내려온 뒤의 시간을 생각하지 않을 수 없다.

성공과 행복은 일치하지 않는다. 성공해도 행복하지 못한 삶이 있고, 성공하지 못했다는 평가에도 행복한 삶이 있다. 그리고 어차피 우리는 그런 평가에 상관없이 어딘가를 향해 계속 나아가야 한다. 우리의 나아감이 정복을 꿈꾼다면 지금 걷고 있는 이 길은 전쟁터가 될 것이다. 내가 바라는 목표는 기꺼이 나의 적이 되어줄 것이다.

우리의 나아감이 어머니 무릎에 오르려는 아기의 마음처럼 진심에서 우러난 충동이라면 이 길은 포근하게 나를 감싸주는 위안이 된다. 몇 번이고 실패해도 우리는 상처받지 않고 더욱 기쁜 마음으로 이 길에 머무름을 만족하게 된다. 그리고 마침내 도착했을 때 우리는 그곳에서 내려오지 않게 될 것이다.

part 4

도전이 너를 강하게 할지니

미개발지역은

아프리카가 아닌

우리들 머릿속

'2010 남아공 월드컵'은 피파FIFA가 창설된 이래 최고로 기념할 만한 모험이었다. 오대양육대주 가운데 남극해, 북극해 같은 얼음 바다보다 더 오랫동안 외면되어온, 이제는 거의 버림받기에 이른 아프리카에서 개최된 첫 번째이자 어쩌면 마지막이 될지도 모를 월드컵이었기 때문이다.

아프리카 대륙에서는 해안가에 위치한 소수의 몇 개국만이 역사의 발전이 가져다준 혜택을 맛보았다. 남아프리카공화국은 영국의 식민 지배를 겪으면서 백인의 나라가 되었고, 그나마 아프리카에서 살만한 땅으로 바뀌어갔다. 산업화와 공업화의 수혜를 백인이 독점하는 인종차별 정책과 대서양에 접한 기후가 남아공을 다른 흑인 원주민 국가보다 잘 살게 만들어준 것이다.

아프리카의 심장부라고 할 수 있는 내륙지역은 사막에 둘러싸여 아프리카 현지인들도 육로로 진입하기 어려웠고, 해안가를 점령한 유럽인은 아프리카에 도달할 항해술은 갖췄지만 해안 너머 육지의 높은 고도를 파악하곤 사람이 살지 않을 것이라고 단정했다. 그러나 실제로는 원주민이 살고 있었고, 다이아몬드, 금, 구리, 석유, 석탄 같은 광물자원이 풍부하게 매장되어 있었다. 이처럼 풍부한 광물자원에도 불구하고 아프리카는 서구 열강의 수탈에 이은 부족 간 내전, 무분별한 성폭력에서 빚어진 에이즈 확산으로 몸살을 앓고 있다.

아프리카와 인간의 머리는 여러모로 닮은 구석이 있다. 아프리카 대륙에 속한 모로코와 튀니지의 접경 국가는 바다 건너의 스페인과 이탈리아다. 사우디아라비아 연안에서 바라본 건너편에는 수단이 있다. 유럽과 중동이 경험적으로 근접해 있는 것이다. 우리가 지금껏 만난 사람들, 일군 사업들, 경험들은 유럽·중동과 인접한 아프리카 해안국의 상태에 비견할 수 있다. 스페인, 이탈리아와 붙어 있는 모로코, 튀니지, 그리고 백인문명이 건설한 남아공처럼 바깥 세상에 밀접한 해안가 국가들이 상대적으로 발전하고 안전을 이룩한 것처럼 우리의 머릿속도 외부세계에서의 사귐, 경쟁, 학습을 통해 이성과 신념을 발전시켜왔다.

그에 비하면 내륙의 케냐, 우간다, 중앙아프리카공화국, 콩고는 내란과 병마가 창궐하는 미개척지다. 여기가 바로 그동안 건드리지 못한 머릿속의 미개발지역이다. 이곳은 온갖 동·식물이 원시상태의 본연을 자처하는 거대한 생명의 땅이다. 아프리카의 생명이 여기서 발현했듯이, 우리가 미처 사용하지 못하고, 탐험하지 못하고, 발굴하지 못한 '이외의 능력'이야말로 진짜 생명이었는지 모른다.

야수성과 야만이라는 본성은 먹이사슬에만 국한된 이야기가 아니다. 영장靈長으로 태어난 인간의 야성과 본성은 생명의 착취뿐 아니라 지성의 끝 모를 가능성이라는 지하자원도 보유하고 있다. 머리를 써야지만 인간다운 야만성이 채워지는 것이다. 야생동물보호구역의 사자를 길들여 집을 지키게 할 수는 없어도 우리들 머릿속의 사자는 길들여서 말도 할 수 있게 하고, 집도 지키게 만들 수 있다. 기린을 길들여 나무 높이 매달린 열매를 따고, 하마를 길들여 사람 말을 알아듣게 해서 강을 건너는 도구로 사용할 수도 있다. 우리의 머릿속에는 콩고, 케냐, 중앙아프리카공화국보다 더 드넓은 원시림이 펼쳐져 있다. 이곳에는 원시의 내가 있다. 본적조차 없는 능력과 재능들이 가득하다.

아프리카 대륙은 야생동물보호구역을 지정해서 사자와 고릴라가 밀렵당해 멸종하는 일이 없도록 보호하고 있다. 아프리카 내륙의 경제를 선도하는 보츠와나는 자국에서 채굴한 다이아몬드를 비싼 값에 내다팔아 1인당 국민소득을 만 오천 달러 수준으로 끌어올렸고, 잠비아는 중국과 경제협력을 맺어 구리 광산을 개발하고 있다. 아프리카도 새 시대를 맞아 변화를 모색하며 역량을 발굴하려고 노력하는 이때에, 문명인을 자처하는 우리는 선천적으로 타고난 축복이라고 할 수 있는 머릿속의 드넓은 원시림을 들여다볼 생각조차 안 한다. 이런 게 내 머릿속에 있었는지도 모른다. 그곳은 우리가 지금껏 아프리카 대륙의 전부인 줄 알았던 알제리나 남아공보다 더 멋진 곳일 수도 있다. 스페인과 이탈리아의 세련되었지만 너무나 진부한 여행과는 다른, 신나고 절박한 모험이 기다리고 있을지도 모른다.

처음에는 사하라 사막이 길을 막아설지도 모른다. 가도 가도 끝없는 모래사장과 작렬하는 자외선에 지쳐갈지도 모른다. 그렇다면 사막에 물길을 대고, 나무를 심어 녹지화를 이루고, 고속도로를 건설해 미개척지에 당도하는 최단거리를 실현시키면 그만이다. 현실의 아프리카였다면 수조 원으로도 어림없는 대사업이었겠지만, 내 머릿속의 미개발지역에 새로운 길을 내는 것은 돈도 얼마 필요치 않고, 시간은 얼마든지 남아 있다.

쉬운 길을 놔두고 왜 굳이 위험한 길을 찾아다녀야 하냐고 반문할 수도 있다. 미국도, 일본도, 유럽도 비행기를 타고 갈 수 있는 세상이다. 그런데 정작 내 머릿속은 둘러보지 못한다. 남의 밑에서 청춘을 바쳐가며 일해야 먹고 살 수 있다는 절박함과 결혼, 육아, 노후라는 삼재三災가 두려워 남의 동네에 길을 내어주고, 남이 살 아파트를 짓고, 텔레비전을 만들고, 주식을 판다.

그러는 동안 정작 내 머릿속은 길도 없고, 물도 없고, 울창한 수풀, 사막의 땅, 야생동물만이 우글거리는 버려진 땅, 죽음의 대지로 전락해버린다. 그래놓고는 뻥 뚫려 있을 것으로 굳게 믿었던 아스팔트 도로가 재미없다고, 이런 결과를 원했던 건 아니라고 부모를 원망하고, 사회를 원망하고, 자기를 비하한다.

금 한 돈에 이십만 원이다. 전 세계에서 거래되는 금의 51퍼센트가 아프리카산産이다. 백금 같은 경우엔 90퍼센트가 아프리카에서 생산된다. 솔깃하지 않은가. 이대로 늙고 지쳐 쓸모도 없는 과적물이나 되지 않으면 다행이다 싶던 내 인생이 한 번 더 금빛으로 물들여질 수도 있다는 것이다.

내가 어렸을 때 극장에서 봤던 서부의 총잡이들은 포장마차에 꿈을 싣고 금광을 찾아 나섰다. 그들 중 몇 명이나 성공했을까? 대다수는 맨땅에 곡괭이질만 하다가 인생의 종착역에 다다랐을 것이다. 그래도 가만히 앉아서 청바지나 만들고, 남의 집 목화밭에서 삽질이나 해대며 밤에 침대에 누워 달빛을 향해 한숨을 내뱉는 고독에 비하면 얼마나 의욕적이고 충만한 시간들인가.

지금은 문명이 극도로 발달한 시대다. 앉아서 전 세계를 구경하고, 페이스북만 있으면 얼마든지 사람들을 만날 수 있다. 구태여 몸을 움직이지 않아도 지식을 얻고, 나를 표현하며 개발하는 데 필요한 도구와 환경이 부족함 없이 마련된 시대다. 문명비평가들은 이런 세상이 인간을 나약하게 만들고, 스스로 생각하는 힘을 버리게 만들었다고 탓하는데, 절박하면 사람은 변할 수밖에 없다. 우리에겐 시시각각 다가오는 종말에 대한 공포가 있다. 제아무리 문명이 우리 삶을 편하게 만들어준다고 한들 우리 정신과 몸은 조금씩 가까워지는 종말로부터 눈을 피하지 못한다. 한마디로 나이가 들어간다는 뜻이다. 지금 이 순간에도 우리는 조금씩 늙어가고 있다. 그러니 멍청히 앉아 있을 때가 아니다. 내 안의 아프리카를 깨워 어쩌면 지금보다 더 찬란히 빛나게 될지도 모를 낯선 인생을 꿈꿔야만 한다.

캔버스에서
뛰쳐나가라

세계에서 가장 비싼 그림은 레오나르도 다 빈치의 〈모나리자〉라고 한다. 아직까지 거래된 적이 없어 추정액일 뿐이지만, 무려 사십조 원이 넘는다고 한다. 실제 거래된 그림으로는 미국의 화가 잭슨 폴락이 1948년에 발표한 〈넘버26A〉다. 2006년 천팔백억 원에 거래되었다. 국내에서 가장 비싼 그림은 박수근 화백의 〈빨래터〉로 사십오억 이천만 원에 거래되었다.

박수근 화백은 강원도 양구의 산골마을에서 태어나 초등학교 밖에 나오지 못했다. 50~60년대 구겨진 은박지처럼 거친 화풍으로 가난하지만 정감이 넘치는 서민의 삶을 그려왔던 박수근 화백의 작품은 살아생전에 이십 달러, 단돈 이만 원에 내놓아도 팔리지가 않았다. 국전國展에 입상하지 못했다는 자괴감과 분노로 알코올 중독에 빠졌고, 쉰한 살 젊은 나이에 간경화로 세상을 떠나기까지 그 흔한 개인전 한 번 열지 못했다. 오산의 미 공군기지 로비에 그림 몇 점 걸어놓았던 게 전부다.

죽을 때까지 특별한 직업도 없이 아침부터 저녁까지 누가 사주지도, 바라봐주지도 않는 그림을 이백여 점 가까이 남겨놓고 그는 말없이 세상을 떠났다. 그 후로 오십 년이 지난 지금, 그가 남긴 작품을 금액으로 따져보면 천이백억 원이 넘는다.

살아생전에는 막걸리 한 사발 마실 돈도 되지 않았던 자신의 그림이 대한민국에서 제일 비싼 그림이 되었다는 것을 지하에서라도 알게 된다면 박수근 화백은 어떤 생각이 들까? 입에 풀칠하는 것이 삶의 목적이 되어버린 가난한 서민의 고단한 일상을 평생토록 몸소 체험하며 캔버스에 붓을 댄 그가, 자기 그림 한 장이 사십오억 이천만 원짜리가 되어 재물의 축적으로 이용되고 있는 것을 알게 된다면 뭐라고 말할까?

서민의 삶을 노래한 박수근 화백의 그림 앞에서 우리는 서민된 자로서의 박탈감에 시달리게 된다. 누런 저고리가 닳고 닳아

반쯤 헤어진 줄도 모르고 땅바닥에 엎드려 등살을 내놓은 채 시장바닥에서 품을 팔고 있는 옛 어머니들의 삶에 화백은 〈노상〉이라는 제목을 붙였다. 말 그대로 길 위에서 떠도는 삶이다. 길바닥에서 하루살이처럼 연명하는 인생이다. 그 서글픈 자화상은 십억 오천만 원에 낙찰되었다. 우리가 평생 한 푼도 쓰지 않고 일해 모아도 넘보기 어려운 액수다.

내가 그림을 잘 몰라서 그럴 수도 있겠지만, 혹은 그림에 가격이 책정되기까지의 불편한 이해관계를 미리 알고 있어서 그런 것일 수도 있겠지만, 전시회 등에서 본 르네상스 시대의 그림들, 박수근 화백의 그림들이 그다지 감동적이지는 않았다. 예술은 예술, 작가는 작가라고 해도 레오나르도 다 빈치의 작품이, 박수근의 작품이, 잭슨 폴락의 작품이 이토록 현란한 상찬과 천문학적인 부가가치를 얻게 된 근본 이유는 그들 모두 죽은 자들이기 때문이다. 더 이상 그림을 그릴 수 없기 때문이다. 이것밖에 없다는 희소성이 예술성을 뛰어넘는 큰돈을 만들어낸 것이다.

희소성을 떼어놓고 본다면 사람에 따라서는 〈모나리자〉가 눈썹도 없는 못 생긴 여자로밖에 생각되지 않을 수 있다. 잭슨 폴락의 추상화가 도화지에 펜으로 낙서한 것처럼 보일 수도 있다. 작품 위에 쌓인 이야깃거리, 역사, 배경, 가치를 제외하면 진짜는 작가의 삶이다. 반 고흐는 스케치할 연필도 없었고, 박수근은 무명이었다. 그들은 사후에야 비로소 인정받았지만, 살아 있는 동안 캔버스를 내려놓지 않았다. 스스로 그 같은 삶에 만족했기 때문이다. 비극으로 받아들이지 않았기 때문이다. 실패로 여기지 않았음은 물론이다.

문제는 그 다음이다. 그 시절의 그들이 아닌 현재의 위상만 보았던 우리들은 내 삶이 '모나리자'가 되기를 꿈꾼다. 내 인생이 캔버스 위에서 르네상스 시대의 화려한 색감과 묘사로 치환되기를 원한다. '노상'의 경험은 필요 없고, 다만 〈노상〉이라는 작품에 책정된 가격만 원하는 것이다. 나의 죽음은 원치 않으면서 사후의 평가는 지금 누리고 싶은 심보다. 그래서 우리는 앞선 이들이 그리다가 만 캔버스의 다음 스케치가 되어 거대한 제목 안의 작은 선線으로 살아가게 된다. 그곳에서는 내가 원하는 색을 낼 수도 없거니와 내가 가진 본래의 색을 드러내지도 못한다.

하지만 대작大作에 포함되었다는 만족감, 나를 쳐다보는 게 아니라 내가 포함된 거대한 캔버스를 우러르는 것임에도 착각의 늪에서 좀처럼 발이 빠지지 않는다. 시간이 지날수록 점점 더 깊이 빠져들고, 나중에는 나조차도 내가 캔버스의 어느 구석에 자리하고 있는지 찾아낼 수가 없다. 당연히 그림의 제목은 나와 아무런 상관이 없다.

레오나르도 다 빈치라는 화가의 이름과 천팔백억 원이라는 숫자를 지워놓고 본다면 실물은 위대함과는 거리가 멀다. 오히려 초라하다. 감동도 없다. 역사와 성공이라는 배경을 지워버리면 그들과 우리는 다를 것 없는 아마추어에 불과하다. 우리가 마주해야 할 상대는 성공한 역사를 자랑하는 그들이 아니라 지금 나와 같은 나이였던 시절의 보잘것없는 그들이다. 그렇게 생각하면 움츠러들 이유가 없다.

나는 지금 번역가와 작가라는 두 개의 명함을 갖고 있다. 이 두 가지 일을 나는 은퇴 후에 얻었다. 일본강점기에 태어나 국어보다 일어를 먼저 배운 비극이 다행히도 내게 번역가라는 두 번째 삶을 허락해준 것이다.

처음 번역을 시작하게 된 계기는 내가 정말 좋아하는 일본 작가의 책이 있어서였다. 젊었을 때부터 원서로 수백 번 통독한 책이었다. 그 책이 국내에 번역되었다는 소식을 듣고 반가운 마음에 구입했다가 번역이 엉망진창인 것을 보고 크게 실망했다. 게다가 역자는 그 당시 국내에서 제일 잘나간다는 분이었다. 일어일문학과 교수까지 맡고 있는 분이었다. 차라리 내가 하는 게 낫겠다 싶었다. 그래서 나도 번역을 하게 되었다.

은퇴하고 이십 년 가까이 번역가로 활동하다가 칠십이 넘은 나이에 처음으로 내가 쓴 책을 세상에 내놓게 된 계기도 비슷하다. 한 번은 일본에서 정말 유명한 작가의 책을 번역하게 되었는데, 내용이 형편없었다. 누구든지 할 수 있는 얘기고, 누구나 다 알고 있는 얘기를 이 사람은 자기만 알고 있는 것처럼 으스대며 쓰고 있는 것이 측은하다 못해 역겹기까지 했다. 이런 책을 번역하느라 새벽마다 사전을 뒤지고 고생하느니 차라리 내가 쓰자! 결심하고 펜을 들었다. 일흔여섯에 나는 작가가 되었다. 올해로 십 년차다.

세상살이가 이렇다. 정말 무서울 게 없다. 대단한 것도 없다. 그냥 우리랑 똑같다. 미술도 그렇다. 그 유명한 그림들을 우리는 근사하게 인쇄해놓은 잡지와 텔레비전을 통해서만 봤다. 그래서 굉장하다고 착각하며 동경했다. 그런데 직접 보면 허름한 캔버스 위에 페인팅은 나달나달하다. 그걸 가지고 세상은 인상파다, 르네상스다, 사십조 원이다 하는 것인데 비싸고 유명하니까 대단하게 보이는 것뿐이다. 거기에서 실망하지 못하면 끝이다. 바보처럼 미술관 앞에 줄이나 서 있고, 시키는 대로 노란색, 빨간색이 되어 여백을 채우는 지긋지긋한 삶의 반복이 시작된다.

어떤 분야든지 재능과 능력으로 성공에 도달한 진짜배기는 네다섯 명밖에 되지 않는다. 나머지는 요행이다. 그렇기 때문에 나한테도 기회가 돌아왔다. 전국 대학에 일어일문학과가 지천이며, 한 해 졸업생만 해도 수천 명이다. 물론 그들 모두가 글을 쓰고 번역에 나서는 건 아닐 테지만, 그래도 꿈을 갖고 진력하는 청년들이 많을 것이다. 그럼에도 불구하고 나 같은 늙다리 노인네에게 여전히 일감이 들어온다. 나를 찾는 출판사의 전화벨 소리가 울린다. 내가 나이 따위에 겁먹지 않고 도전했기 때문이다. 직장 은퇴하고 손자손녀나 돌보면서 산이나 타고 골프나 치러 다니는 게 최고다, 라는 세상이 정해놓은 운명을 따라가지 않았기 때문에 지금의 내게 이런 기회가 주어진 것이다. 운만 따라주면 나도 저 유명한 사람들만큼 치고 올라갈 수 있겠다는 근거 없는 자신감이 내게 용기를 주었다.

우리 안에 흐르는 피는 '시베리안-몽골리안'의 것이다. 시베리안-몽골리안의 특징은 텃세를 부리지 않는다는 점이다. 선사시대부터 그들은 말을 타고 시베리아에서 페루, 한국, 네팔, 핀란드 북유럽까지 전 세계를 누비며 자유롭게 살았다. 그들은 농업중심의 중국 사회처럼 중앙에 집착하지 않고 더 먼 곳을 보기 위해 더 멀리 여행을 떠났다. 그곳에서 새로운 지평선과 만났다.

기성이라 불리는 것들, 어쩔 수 없다는 말, 그게 당연하다는 논리, 관습과 능률은 모두 텃세라는 개념 위에서 형성된 것들이다. 우리의 본능에 어긋나는, 그래서 우리 삶을 괴롭게 만드는 보이지 않는 가시다.

캔버스에 그려진 '대작'들에 대해서는 실망을 금할 수 없었지만, 성당 유리창을 장식하는 오래된 스테인드글라스의 신비로운 빛을 보고 가슴이 두근거렸다. 그 빛은 캔버스에 묘사된 명도明度와는 다르게 살아 있었다. 화가의 눈을 통해 구현된 가짜 빛이 아니라 태양에서 직접 날아온 참 빛이 투과되고 있었기 때문이다. 빛을 가둬놓지 않고 빛을 반사시킨다. 그래서 자기 주변의 것들을 자신의 색깔로 물들일 수 있다.

나는 그게 마음에 들었다. 나의 인생이 저랬으면 좋겠다고 생각했다. 캔버스의 그림이 되어 유명해지고, 비싸지고, 대접받는 것도 좋지만 그렇게 갇혀 지내고 싶지는 않다. 허름한 창문에 덕지덕지 모자이크한 싸구려 장식품이더라도 빛이 나를 통과하고, 그 빛에 나의 색이 더해지고, 그렇게 날마다 함께 변화하고 달라지는 살아 있는 삶을 살고 싶다.

인생에 아름다운 변화 같은 건 없다. 변하기 때문에 인생은 아름다워진다. 변하지 않는, 아니 변할 수도 없는 캔버스에서 내가 뛰쳐나온 이유다.

아들아,
너 자신을
포기하지 마라

오늘부터는 해 떠오르는 나라의 수호신이옵신
원수元帥 야마모토 이소로쿠
아아 이 이름!
일 억 함께 복을 입으며
지금 이 시간 새로운 결의를 가슴에 새기오리다.

이 글은 시인이자 민요학자로 유명한 김소운 시인이 쓴 〈야
마모토 이소로쿠 원수 국장일〉이라는 헌시에서 발췌한 것이다.

1943년 4월 18일, 일본 해군대장이자 원수였던 야마모토 이소로쿠는 파푸아뉴기니 상공에서 미 공군의 공격을 받아 사망했다. 그의 죽음은 제2차 세계대전 중에 최고사령관이 전선戰線에서 사망한 처음이자 마지막 사례다.

그리고 시인 김소운은 야마모토 이소로쿠의 죽음을 기념하기 위해 1943년 6월 6일자 〈매일신보〉에 이런 시를 헌정했고, 평생을 한일 양국의 문화교류에 이바지했던 업적에도 불구하고 친일파라는 꼬리표를 떼어내지 못하게 된다.

야마모토 이소로쿠는 태평양전쟁을 반대한 인물로 알려져 있다. 독일, 이탈리아, 일본이 동맹을 맺어 영국과 미국을 주축으로 하는 연합군에게 대항해야 한다는 삼국동맹의 필요성이 일본 군부에서 제기되었을 때 야마모토 이소로쿠는 젊은 장교들을 모아놓고 어느 책에 나오는 구절을 읽어주었다.

"일본인은 상상력이 부족한 하위인종이다. 하지만 기술이 능하고 상황판단이 현명하므로 우리의 심부름꾼으로 쓰기에는 매우 적합하다."

젊은 장교들은 저자가 누구냐며 용서할 수 없다고 소리쳤다. 이소로쿠는 잠자코 책 제목을 보여줬다. 《나의 투쟁》, 히틀러가 쓴 자서전이었다.

이처럼 끝까지 전쟁을 반대하기는 했으나, 전쟁이 발발하자 군인으로서의 본분을 잊지는 않았다. 진주만을 공격했고, 전황이 불리해지자 가미카제 자살특공대를 창설해 젊은 청년들을 사지死地로 내몰았다. 일본의 극우 파시스트들에게 전쟁을 반대했다는 이유로 암살예고까지 받았던 인물이 전몰자 이백사십육만 명을 신으로 추앙하고 있는 야스쿠니 신사에서 최고서열로 대접받는 이유다. 만약 파푸아뉴기니 상공에서 그가 탄 항공기가 격추되지 않았더라면 극동군사재판정에서 1급 전범으로 구속되었을 전쟁범죄자다.

서두에 이 사람 이야기를 꺼낸 까닭은 이름이 하도 특이해서다. 야마모토 이소로쿠. 한자로는 山本五十六. 야마모토山本는 성이고, 이름은 이소로쿠五十六다. 그러니까 이름이 '오십육'이다. 여기에는 사연이 있다. 그의 아버지가 쉰여섯에 이소로쿠를 낳은 것이다.

이소로쿠가 1884년생이니까 그 시절 평균연령과 조혼 습관을 따져본다면 손자를 봐도 이상할 게 없는 쉰여섯 살에 늦둥이 아들을 보았다. 자손을 귀하게 여기는 건 한국이나 일본이나 똑같으니 늦게 본 아들이 얼마나 사랑스러웠을지 짐작하고도 남는다.

한자문화권에서 이름은 그 사람의 운명과 직결된다. 이름 뜻에 따른 삶을 살아가게 된다는 믿음이 있다. 귀한 늦둥이 아들을 앞에 두고 아버지는 얼마나 고민했을까? 어떤 이름을 지어줘야 조금이나마 더 나은 삶을 살아갈 수 있을까? 고민하고, 또 고민했을 것이다. 그런 고민의 결과가 '오십육'이었다.

아들이 평생 불려야 될 이름을 '오십육'으로 지어버린 아버지의 마음은 어떤 것이었을까? 아들이 "왜 내 이름은 '오십육'이에요?"라고 물었을 때 아버지는 뭐라고 대답했을까?

"아들아, 포기하지 마라. 세상에서 일어난 일 중에 처음부터 안 되는 일은 없었단다."

이것이 이소로쿠, 즉 '오십육'이라는 이름에 담긴 뜻이다. 쉰여섯 아버지가 나는 늙었으니 더 이상 아이를 낳는 것은 무리다, 라고 포기했더라면 야마모토 이소로쿠는 세상에 존재하지 않았다. 이 나이에 손자도 아닌 아들이라니, 부끄럽고 창피하다고 여겼다면 야마모토 이소로쿠는 세상에 존재하지 않았다. 괜한 내 욕심에 늙은 아비를 두게 된 어린 아들이 고생하게 될 것이다, 라고 미리부터 두려워했더라면 야마모토 이소로쿠는 세상에 존재하지 않았다.

그래서 쉰여섯 아버지는 갓 태어난 아들에게 '오십육'이라는 이름을 지어줬다. 지금 품 안에서 잠든 아들이 성장하는 모습을 지켜볼 수 없을지도 모른다는 생각에 '오십육'이라는 이름을 지어줬다. 아들아, 내가 너를 포기하지 않았던 것처럼 너 또한 너를 포기하지 말거라. 늙은 아버지가 해줄 수 있는 유일한 가르침이자 부탁이었다.

이소로쿠는 그런 자신의 이름을 자랑스러워했다. 일본군 원수, 해군제독에 걸맞지 않는 이름이라며 가족과 왕실에서 같은 음자音字의 다른 한자로 개명할 것을 몇 번이나 강요했지만 이소로쿠는 끝내 숫자 '오십육'이라는 이름을 버리지 않았다. 적군이었던 미 해군에서 '해군海軍의 신'이라 부르며 두려워했던 이름은 영원히 '오십육'이 되었다.

몰락한 사무라이 집안의 막내아들은 아버지가 돌아가신 직후 대가 끊긴 유력 가문에 양자로 입적해 아비의 성을 버리고 야마모토가 되었어도 '오십육'이라는 이름만은 지켜냈다. 자기 이름에 담긴 '포기하지 마라'는 뜻을 가슴에 새긴 채, 비록 전범戰犯이었으나 그 생애는 위험과 역경과 비난에도 자기 길을 포기하지 않는 성찰과 확신의 표본이 되었다. 세상을 떠나고 칠십 년이 흐른 지금, 세계대전 당시 유일하게 전쟁에 반대했던 일본군 제독 야마모토 이소로쿠로 재평가되고 있는 까닭이다.

자랑은 아니지만 나도 만 오십에 아들을 낳았다. 결혼하고 십년 넘게 아이가 없어 자식복은 없나 보다, 포기했는데 그 늦은 나이에 덜컥 애아버지가 되었다. 아들을 낳고 이름을 지으려고 옥편을 뒤적이다가 문득 야마모토 이소로쿠가 생각났다. 나도 이소로쿠의 아버지처럼 아들 이름을 '오십'이라 지어볼까, 진지하게 고민했다. 내 성이 김 가니까 내 아들은 김오십이 되는 것이다. 아내한테 맞아 죽을 수도 있겠다는 두려움에 오십의 다른 한자인 오순伍旬을 생각했지만, 김오순이라고 하면 여자 이름 같아서 아쉽게 포기했다.

아들 녀석은 올해 서른다섯 살이다. 일에 미쳐 장가도 가지 않고 있다. 나한테 그 녀석은 단순한 아들이 아니다. 경쟁 상대다. 녀석이 포기하지 않으면 나도 포기하지 않는다. 녀석이 해내면 나도 해내야 한다. 절대로 지고 싶지 않다. 지는 모습을 보이고 싶지 않다. 이 양반이 늙어 노망이 들었나 싶을 것이다. 하지만 그게 아들 녀석에게 해줄 수 있는 나의 유일한 사랑이다.

야마모토 이소로쿠의 아버지는 '오십육'이라는 이름으로 자기 아들에게 포기하지 말 것을 가르쳤다. 나는 감히 아들에게 '오십'이라 이름 붙일 용기가 없어 이 보잘것없는 삶은 포기하지 말기를, 중도에 그만두지 말기를, 겁먹고 뒤돌아서지 말기를 가르치고 싶었다.

늘 술에 절어 맨 정신인 때가 거의 없는 아버지이며, 돈에 대한 개념이 없어 좋은 옷도, 좋은 신발도 사주지 못한 아버지이며, 공부해라, 성적이 왜 이 모양이냐, 신경 써주지 못한 죄인 같은 아버지였지만 이런 나도 하나뿐인 아들 앞에서 단 하나 부끄럽지 않은 것이 있다. 아버지는 비록 삶을 두려워하기는 했어도 포기하지는 않았다는 자랑이다. 그러니 너 또한 너 자신을 포기하지 말라고 부탁할 수 있어 다행이다.

삼포세대三抛世代라는 말을 들었다. 연애, 결혼, 출산을 포기한 세대라는 뜻이다. '오십육'이라는 숫자도 포기하지 않았고, 나 역시 '오십'이라는 숫자에 굴하지 않았는데, 그렇게 태어난 내 아들과 딸들은 '삼'이라는 숫자 앞에서 절망하고 있다. 나는 그게 슬프고 아프다. 치솟는 물가, 등록금, 취업난, 전세금 때문에 연애도 못하고, 결혼도 못하고, 출산도 못하겠다는 것이다.

갓 대학을 졸업한 출판사의 어린 편집자와 소주 한잔 마시면서 연봉이 어떻게 되느냐고 궁금해서 물어봤더니 마이너스 이천만 원이라면서 배시시 웃는다. 학자금 대출로 대학 4년 간 이천만 원. 그중 일부는 위암에 걸린 아버지 수술비에 보탰단다. 대출 상환기간 십 년. 서른넷이 되어야만 진짜로 대학을 졸업하는 것이라며, 아직은 세상을 배우는 학생으로 남겠다고 구김살 없이 말해주는 그녀에게 나는 미안하고 고마웠다. 한편으로는 스물셋, 어린 그녀가 찬란했던 스무 살의 대가로 짊어지게 된 빚 이천만 원에 대한 은행의 권리, 세상의 권리가 야속했다.

그녀 앞에 펼쳐질 앞으로의 '십'은 이소로쿠의 '오십육'보다, 나의 '오십'보다 작다고 할 수 있을까? 그녀가 중간에 길이 없다며 주저앉으려 할 때, 나는 그녀에게 너는 왜 용기가 없느냐, 너는 젊지 않느냐, 진심으로 말해줄 수 있을까? 솔직히 자신이 없다.

내가 살아온 시간들은 행복하지 않았고, 내가 살아온 방식들은 올바르지 않았다. 나는 누구에게 권할 만한 삶을 살아오지 못한 실패자다. 그리고 내가 만났던 숱한 사람들이 나와 같았다. 어쩌면 나의 아들도 벌써 나 같은 생각을 품은 채 그저 한날을 버텨내는 것으로 만족하고 있는지도 모른다.

그러나 분명히 말할 수 있는 것은 포기해서는 안 된다는 것이다. 아니, 포기하고 싶지 않다는 것이다. 그 진심을 외면해서는 안 된다는 것이다. 우리는 그렇게 하루를 살아내야 한다. 나는 삼만 번이 넘는 인생의 나날들을 보냈다. 오늘은 그 삼만 번의 날들에 고작 '하루'를 더하는 것뿐이지만, 내가 쌓아올린 삼만 번의 날들은 한때 모두 '하루'에 불과했음을 기억하기에, 오늘 내게 주어진 하루는 내가 쌓아올린 삼만 번의 날이라는 숫자보다 귀하다.

내가 젊은 그들에게 해줄 수 있는 부끄러운 고백이다.

역경이
사람을
만든다

시련 없이 인간은 강해질 수 없다. 성공한 사람들 중에 환경과 싸워본 경험이 없는 이는 없다. 좋은 환경을 타고난 사람들마저 스스로를 단련하는 일종의 고행을 통해 능력을 키웠다.

우리는 타인에게서 단련을 받는다. 물질과 여가가 제공하는 유해한 것들로부터 몸을 지켜낸다. 60년대 산업화 시대에 철도를 건설하고, 고속도로를 만들고, 대기업의 기초를 다진 산업역군들에겐 의지와 자신감뿐이었다. 그 두 가지 정신력으로 모든 장애를 극복했다. 오늘날 재벌로 불리는 자들은 바로 그들의 후손이다.

그들은 부모 잘 만난 덕에 일하지 않고도 거대한 부를 갖게 되었다. 지금 사회에 부족한 것은 고난에 대한 경험이다. 열악한 환경에 맞서 투쟁한 기억이 없다. 그래서 과거와 같은 의지와 담력을 찾아보기 힘들어졌다.

인간이 최고로 발달하기 위해서는 적응 기능이 발휘되어야 한다. 우리 몸은 물리적 환경에 따라 순간순간 변화한다. 신체는 끊임없이 활동함으로써 상태를 일정하게 유지한다. 이런 활동은 머리나 심장 같은 특정 부위가 아닌 몸과 마음이라는 생활의 전 영역에서 이루어진다. 인간의 생명활동을 한마디로 정의하면 '외부 세계에서 살아남기 위한 최선의 반응'이다.

우리의 가장 큰 힘은 적응력이다. 환경이 크게 바뀌어도 우리는 불편함을 느끼지 못한다. 갑작스런 변화와 불규칙한 상태에 맞춰 살아가게끔 진화되었기 때문이다. 인간은 혹독한 기후에 노출되어 있으며, 상황에 따라서는 날밤을 꼬박 새우기도 한다. 그러다가 또 몰아서 장시간 잠을 잔다. 평소에는 풍족하게 식사를 제공받지만, 여건이 악화되면 며칠씩 굶는 일도 있다. 이런 모든 상황이 인간에게 노력과 적응을 요구한다. 노력과 적응을 통해 의식주를 쟁취하는 과정이야말로 인간을 인간답게 발달시켜온 최고의 훈련이었다.

그런 과정을 거치면서 근육이 단련되었고, 휴식을 만끽했으며, 투쟁하고, 고뇌하고, 행복을 느끼고, 사랑하고, 미워했다. 살아야겠다는 의지는 우리 몸에 긴장과 이완을 번갈아 가져왔다. 동료와의 투쟁부터 자기 자신과의 싸움까지 숱한 갈등으로 몸과 마음이 단단해졌다. 위가 음식물을 소화시키기 위해 조직되었듯이 인간은 고생하며 살도록 조직되었다. 활발한 적응 기능이 남자다움을 최고로 발달시키는 것만 봐도 그렇다. 고난은 신경의 저항력을 강화시키고, 이는 곧 발전적인 사고방식으로 확대된다. 어린 시절부터 지적 훈련, 약간의 결핍, 적절한 역경에 적응해온 사람은 육체적으로도, 정신적으로도 강인해질 수밖에 없다.

인간은 혈액과 순환기, 호흡기, 체격, 근육조직의 변화를 통해 다양한 환경에 익숙해진다. 기압이 내려가면 적혈구는 수를 늘려 대응한다. 한니발의 카르타고 병사들은 아프리카 튀니지 출신들이었으나, 알프스 산맥을 넘어 로마를 공격했을 때 추위에 적응되기까지 걸린 시간은 고작 보름에 지나지 않았다. 아프리카에서 태어난 병사들이 고작 두 주일 만에 알프스의 추위 속에서 평소와 다름없는 생활을 보내게 된 것이다. 고산에서의 활동은 근육조직의 노력을 필요로 하는데, 몇 개월만 지나면 누구든지 완벽하게 적응한다. 몸은 추위에 저항하고, 급변하는 날씨에도 면역을 상실하지 않는다.

그러나 희박한 대기와 추위, 매일의 등반은 흉곽과 폐, 심장과 혈관 등에 그간의 노력이 얼마나 고달팠는지 기록을 남긴다. 그 흔적은 영원히 지워지지 않는다. 평생 땅만 바라보며 농사로 평생을 보낸 시골 할아버지들은 일흔이 넘은 나이에도 대학교 아이스하키 선수들보다 체력, 저항력, 유연성에서 우위를 보인다.

그런 인간이 이겨낸 시간의 축적을 일컬어 인생이라 한다. 그러므로 인생이라고 우리 몸과 다를 바 없다. 장기간에 걸친 격렬한 노력은 영원한 흔적을 남긴다. 지금처럼 기계화된 교육으로 인생에 흔적을 남긴다는 것은 불가능한 꿈이다. 이상과 지식욕에 불타올랐던 파스퇴르의 제자들처럼 생각이 맞는 소그룹을 형성하고, 그 안에서 서로의 지적 적응력에 상처를 남기는 방법으로 역사에 남길만한 업적을 이뤄냈다.

세계 최고의 의과대학으로 꼽히는 존스홉킨스의 성장에는 이른바 빅4로 불렸던 병리학의 웰치, 외과의 할스테드, 내과의 오슬러, 산부인과의 켈리 박사의 공동연구가 있었다. 젊은 그들은 분야가 달랐지만 함께 연구했고, 오늘날과 같은 진료과목의 협업을 통한 진단치료 기법을 완성시켰다.

현대사회는 퇴화와 직결되어 있다. 여름의 무더위 이상으로 인간 생존에 치명적인 병은 '사회화'다. 우리는 가난과 염려, 슬픔이 닥칠 때마다 정부를 비난하고, 학교를 비난하고, 직장을 비난하고, 내게 돈을 물려주지 못한 아버지를 원망한다. 번영에 의한 비참함에는 승산이 없다. 우리의 패배는 상대적인 패배다. 싸워보지도 못하고, 덤벼보지도 못한 채 누가 시키지도 않았는데 알아서 패배를 자인해버리는 꼴이다.

이른바 SKY(서울대, 연세대, 고려대)의 입학 정원은 만 명 남짓. 전체 수능 응시자의 1퍼센트. 공부하는 기계가 되어야만 뚫을 수 있는 관문이다. 대기업 취업경쟁률 57 대 1. 팔천 명 모집에 사십육만 명의 배고픈 젊은이가 몰려든다. 기업에서의 임원 승진 비율 1퍼센트 미만의 나라. 초등학교 6학년이 밤 열 시까지 학원에 가야만 되는 나라.

친구 따라 강남 간다는 속담이 괜히 만들어졌을까. 말이 좋아 백의白衣민족이지, 결국에는 나도 흰옷을 입을 테니 너도 흰옷을 입어라, 우리 모두 흰옷을 입자가 되는 것이다. 남과 다른 삶, 나의 만족보다는 남의 인정을 받을 수 있는 삶에 동일화된 우리 모습은 불행 그 자체다. 어떤 삶이 좋은 것인가에 대한 평가가 객관적으로 명시화된 문명에서 우리가 할 수 있는 일은 선택이 아닌 순번을 고르는 것뿐이다.

좋은 대학에 가기 위해,

좋은 직장을 얻기 위해

모두가 똑같은 방식으로 경쟁한다.

모두가 똑같은 인간이 되는 것이다.

그 속에서 우리는

참다운 행복을 얻을 수 있을까?

지금까지의 삶을 돌이켜봤을 때

과연 행복했던 시간이 얼마나 될 것이며,

내일이 오늘과 같다면

나의 미래는 행복할 것인지

자문해보기 바란다.

이마저도 박탈당한 인생이 너무 많다. 집안 형편 때문에 일주일에 나흘, 목·금·토·일 낮부터 밤까지 아르바이트를 뛰어야 한다. 그 와중에도 학교수업은 꼬박꼬박 받아야 학점을 쌓게 되고, 일 끝나 지친 몸으로 공무원 시험을 준비하며 고시원 쪽방에서 빛도 없이 지낸다. 나도 연봉이라는 것을 갖게 될까, 잠들기 전 꿈꿔보지만, '지잡대' 출신이라는 손가락질이 주홍글씨가 되어 죽을 때까지 쫓아다니는 것은 아닌지, 때로는 꿈꾸는 것조차 사치스럽다. 대학 졸업과 동시에 학자금이라는 신용대출의 올무에 사로잡힌 악성채무자가 될 수밖에 없는 현실이 눈앞에서 사라져주기를 바라며 첫새벽이 되어서야 고단한 몸을 누인다. 연봉 이천만 원으로 시작해서 십 년 넘게 일했음에도 연봉 오천만 원이 안 되는 직장에 다니며 결혼해 애 둘 낳는 것을 인생의 가장 큰 불행으로 여기며, 내 집 마련은 꿈도 못 꾸는 사람들이 태반인 나라에서 태어난 운명을 저주해봐야 돌아오는 대답은 "너도 똑같아……."

돈 버는 게 나쁜 일일까? 세상에 돈 싫어하는 사람이 어디 있을까? 나도 이 나이까지 돈을 벌려고 한시도 쉬지 못하는데. 다만 물질적 부를 얻기 위해 다른 것의 희생을 감수하게 되었을 때 인생에는 문제가 발생한다.

돈을 벌기 위해 열두 살 어린 나이에 자정까지 학원에 남아야 하고, 좋은 대학에 들어가야 하고, 대기업에 입사해야 하고, 밤늦게까지 일해야 하고, 주말에도 일해야 한다면 대체 그 돈은 누구를 위한 것일까? 돈이 중요하지 않다는 말이 아니다. 돈은 정말 중요하지만, 돈 버는 시간 외의 인생이 더 중요하다는 뜻이다.

좋은 대학에 가기 위해, 좋은 직장을 얻기 위해 모두가 똑같은 방식으로 경쟁한다. 모두가 똑같은 인간이 되는 것이다. 그 속에서 우리는 참다운 행복을 얻을 수 있을까? 지금까지의 삶을 돌이켜봤을 때 과연 행복했던 시간이 얼마나 될 것이며, 내일이 오늘과 같다면 나의 미래는 행복할 것인지 자문해보기 바란다.

절대로 바뀔 리 없는 사회구조라는 말은 패배에 대한 이유일 뿐, 우리가 잘못된 게 아니라는 변명도 근거 없는 주장일 뿐, 계기와 시간만 있으면 얼마든지 바뀌는 게 세상이다. 계기는 나의 각오, 시간은 앞으로의 인생. 세상을 바꾸는 데 필요한 모든 것이 갖춰졌다.

어떤 이는 말한다. 대한민국 사람들은 행복을 돈으로 따지는 시대가 아니라 일정 금액을 벌지 않고서는 생존 자체가 불가능한 시대를 살고 있다고. 최소 생계에 필요한 금액은 정해져 있는데 급여는 그것보다 낮은 경우가 훨씬 많다. 그래서 야근을 하고, 투잡을 뛴다. 이런 삶에서 행복은 잊은 지 오래이며, 단지 살아남기 위해 돈을 벌고 있을 뿐이라고.

　허나 이 또한 상대적 패배감에 지나지 않는다. 내 인생에서 가장 행복했던 시기는 놀랍게도 전 재산을 말아먹고 남양 홍씨 문중의 묘막에서 일 년에 한 번씩 제삿밥 차려주기만 하면 방 세 칸짜리 옛날 가옥을 공짜로 얻을 수 있었던 일흔 살 시절이었다. 수중에 단 돈 십만 원이 없었지만, 나는 세상 근심을 내려놓고, 정말 내가 하고 싶은 일을 이제라도 해볼 수 있게 되었다는 기쁨에 충만했었다. 남의 시선 따위 아랑곳하지 않고, 당신은 실패한 인생이다, 라는 세상의 절규에 화답하지 않고 내게 닥친 역경을 선물로 여겼을 때, 나는 비로소 세상에서, 내 삶에서 승리자가 될 수 있었다.

　마침내 내가 갖고 싶은 이름, 내가 원했던 삶을 손에 쥐게 된 것이다. 그래서 나는 말할 수 있다. 나는 지금 아주 행복하다고. 이것은 시련과 역경에 굴하지 않고, 세상과 타협하지 않은 자만이 부를 수 있는 승전가다.

성공의
끝에는
무엇이 있을까?

흔히 "실패는 성공의 어머니"라고 말한다. 그런 공리적인 계산이 아니라 가시넝쿨에 상처받는 것 또한 살아가는 기쁨이다. 통속적인 성공에 마음이 들떠서는 안 된다. 오히려 "성공은 실패의 어머니"라고 반대로 말하고 싶다. 그렇게 생각하며 살아가는 인생이 훨씬 더 재미있다. 순탄한 길을 걸어가는 덧없음에 떠내려가지 말고 상처받고 피가 분출하는 신체를 끌고 나간다. 말할 수 없는 무거움을 경험하며 음미하는 것이다. 그것이 인생의 참된 맛이다.

대통령이라는 사람들 얼굴을 한번 보기 바란다. 보통사람들보다 불쌍해 보이는 얼굴을 하고 있다. 대통령 같은 건 되지 않는 편이 그 사람 인생에서 좋았는지도 모른다. 국회에서 연설하는 모습만 봐도 그렇다. 그때의 표정과 목소리에 그의 소신이랄까, 우리가 기대했던 리더로서의 의지하고 싶은 기대감은 거의 찾아볼 수가 없다. 그런 광경을 텔레비전으로 지켜볼 때마다 딱하게 생각한다. 불쌍한 인생이라는 쓸쓸함이 절로 나온다.

그와 마찬가지로 대기업 회장님만 하더라도 날이 갈수록 얼굴이 초라해지는 사람들이 많다. 그들에 비해 가난해도, 사회적으로 평가받지 못하더라도 자기 자리에서 열심히 살아가는 사람들은 당당하다. 가난은 고통스러운 일이지만, 반대로 그 고통스러움이 인생을 풍요롭게 만든다. 사는 게 고통스러워질수록 우리는 스스로를 비참하게 바라보는데 이보다 슬픈 일은 없다.

인류문명이 발달함에 인류의 행복도 진보해온 것인지 요즘 세상을 바라보노라면 의심부터 든다. 인간은 자연을 거스르는 모순에 찬 길을 걸어왔다. 직립보행하고, 손을 사용하고, 지능이 발달함에 따라 인류는 경이로운 문명을 개척해왔다. 분명 영광에 가득 찬 족적이었다. 그러나 문명이 진보할수록 인간의 삶은 상상하지도 못한 파탄과 마주해야 했다.

대자연 속에서 나무 열매를 줍고, 새와 짐승을 쫓고, 물고기를 잡아먹는 생활에서 농경이라는 기술이 나타나 자연을 개조하고 식량을 생산한다. 산업혁명이 시작되고, 기계가 사람 대신 생산을 맡는다. 사회가 근대화되면서 인구가 기하급수적으로 늘어났다. 금년 발표에 따르면 세계 인구는 칠십억 명을 넘어섰다. 이대로 가다간 이십 년쯤 지나 그 배가 될 것이라고 한다. 고작해야 이십 년 후다. 그때 우리 삶은 어떤 모습이 될까?

에너지는 위기에 봉착했고, 환경파괴와 오염은 도시만의 문제가 아니다. 세상 살기는 더욱 퍽퍽해질 것이 틀림없다. 기술도 발전하고, 정치도 발전하고, 교육도 발전하지만, 그 속에서 살아가는 우리 인생은 더욱 고달파지고 무거워지고, 어느 순간부터 우리 의지와 상관없이 멈춰버리게 되는 것이다.

그야말로 악순환이다. 이른바 진보의 비극이다.

우리 인생은 기술의 지배를 받고 있다. 스마트폰과 IT제품에 국한된 이야기가 아니다. 성공의 기술, 연애의 기술, 취업의 기술, 투자의 기술에 둘러싸여 살아간다. 우리는 인생의 기술자가 되기를 강요받는다. 삶의 주인공은 내가 아니다. 내가 쌓은 기술들, 내가 습득한 기술들이 나를 대신해 살아가고 있다.

어떻게 하면 여기서 벗어날 수 있을까? 성공이 도피를 보장해주지는 않는다. 인생은 환경과의 싸움, 즉 자연과의 싸움이기 때문이다. 그리고 아무리 세상이 빠르게 변해가고 기술이 눈부시게 발전한다고 해도 예전부터 인간이 지켜온 문화, 나를 찾아가는 기쁨을 발견하고자 하는 전통을 망각케 할 수는 없다고 확신한다.

예전에는 산을 깎아 농지를 만들고, 강바닥을 파헤쳐 물길을 늘리고, 농약을 뿌려 무성하게 자란 수목의 생장을 연장시켰다면 지금은 턱을 깎아 얼굴을 고치고, 인터넷을 뒤져 자기소개서를 쓰고, '기술'이란 제목이 들어간 책으로 나를 가득 채우려 한다. 이 모든 게 투쟁이고 살아남고자 하는 싸움이다. 나쁘다고도, 잘못되었다고도 말할 수 없다.

몇 년 전부터 등산이 유행했다. "자연으로 돌아가라"는 말이 표어처럼 사람들 입에 오르내렸다. 젊은 연예인들이 등산복과 등산화를 신고 이기심과 물욕에 눈이 먼 도시를 벗어나 순수한 자연으로 돌아가는 모습을 연출한다. 자연의 품에 안겨 산과 내를 품에 껴안고 인간에 대한 배려를 다시금 회복시키기 위해 수백만 원짜리 텐트를 차에 싣고 캠핑을 떠난다. 여기서 또 캠핑의 기술을 배워야 하고, 바람막이 재킷을 활용하는 기술도 익혀야 한다. 기술에게 빼앗긴 상실된 인간성이 회복될 수 있을까?

인생은 자연을 닮았다. 우리가 돌아갈 곳이 아니라 싸워서 헤쳐야 할 대상이다. 밭을 갈아엎어 집을 짓고, 산길을 포장해 도로를 내는 것으로는 부족하다. 역발상이 필요하다. 인간은 본래 비합리적인 존재다. 무목적인 계산으로 내게 도움될 것 같지 않은 영역에서 자기 생명을 불태웠을 때 삶의 보람을 느끼는 존재다. 불도저와 굴삭기로 어렵사리 산에 길을 냈다면 내가 걸어갈 수 있는 길은 그 산에 단 하나뿐이다. 하지만 만약에 내가 길 내기를 포기하고 지팡이와 배낭을 멘 채 산을 타는 데 익숙해진다면 그 산 전체가 나의 길이 된다.

우리가 인생의 기술들, 성공을 보장해준다는 그 숱한 기술들로부터 벗어난다면 우리는 지금보다 나은 삶을 꿈꾸게 될 것이다. 그 꿈은 이루어지지 않아도 되는 꿈이다. 지금보다 나은 모습의 내가 있으리라는 희망보다 아름답고 행복하고 즐거운 꿈은 없기 때문이다. 그래서 보답 없이 내 삶을 소비시켜도 좋은 꿈이다. 잔인한 세상과 대결하기 위해서는 그들이 만든 뻔하디뻔한 성공의 기술로부터 벗어나야 한다. 내 안의 산으로, 바다로, 들로 무작정 떠나려는 충동을 똑바로 바라봐야 한다. 고속도로의 끝에는 목적지가 아닌 출구가 있을 뿐이며, 시속 100킬로미터로 내달려야 하는 억압이 있을 뿐이다.

성공의 끝에는 항상 실패가 기다린다. 어떤 식으로든 실패가 대기 중이다. 우리는 그것을 알면서도 성공을 꿈꾸겠지만 말이다.

경기에서

제대로

지는 법

나는 스포츠를 좋아한다. 이 나이 먹고 내가 직접 몸을 움직여 생활체육에라도 뛰어든다는 것은 언감생심 바라지도 않지만, 구경하는 것이라면 종목에 상관없이 즐겨 본다. 인생과 마찬가지로 거기에는 승리와 패배, 땀과 눈물, 좌절과 극복이 공존하고 있기 때문이다.

운동선수의 꿈은 자기 종목에서 프로가 되는 것이다. 우리의 꿈도 자기가 택한 분야에서 프로가 되는 것이다. 프로가 된다는 것은 내가 하고 싶은 그 일을 내가 하기 싫은 날에도 해야만 된다는 뜻이다. 프로에게 패배는 변명이 필요 없는 실패다. 최악의 상황이었다고 핑계댈 수도 없다. 왜냐하면 최악의 상황에서도 이기는 것이 진짜 프로이기 때문이다. 그래서 우리는 궁극적으로 인생의 프로가 되어야 한다.

인생은 선택이라고 한다. 둘 중 하나를 택해야 하는 것이다. 그리고 선택에 따른 결과는 항상 정해져 있다. 성공 아니면 실패다. 무승부는 없다. 연장전도 없고, 시합도중에 부상을 입었다면 기권으로 간주한다. 이 또한 실패다.

모든 사람들이 성공하기를 원한다. 성공하기 위해 대학에 가고, 하기 싫은 공부를 하고, 인간관계에서 인내를 감수하고, 훼손된 자기 정체성을 안주 삼아 술로 쓰린 마음을 달랜다. 그래서 우리는 성공하는 방법, 승리하는 비법에 대한 정보를 아주 많이 알고 있다.

그런데 정작 중요한 건 모르고 있다. 모른다기보다는 알려고 하지 않는다. 바로 실패하는 방법, 경기에서 제대로 지는 법이다.

요즘 가장 인기 있는 스포츠는 단연 프로야구다. 아홉 개 구단이 팀당 128경기를 치른다. 128경기를 평균수명에 비유한다면 경기당 0.7년이 된다. 즉 올해 서른 살인 사람은 128경기 중 43경기를 치렀다. 앞으로 85경기가 더 준비되어 있는 셈이다.

모든 사람들이 성공하기를 원한다.

성공하기 위해 대학에 가고, 하기 싫은 공부를 하고,

인간관계에 인내를 감수하고,

훼손된 자기 정체성을 안주 삼아 술로 쓰린 마음을 달랜다.

그래서 우리는 성공하는 방법,

승리하는 비법에 대한 정보를 아주 많이 알고 있다.

그런데 정작 중요한 건 모르고 있다.

모른다기보다는 알려고 하지 않는다.

바로 실패하는 방법, 경기에서 제대로 지는 법이다.

128경기 중 5할 승률, 그러니까 64경기를 이기면 아홉 개 구단 중 4위 안에 들게 되고, 플레이오프에 진출한다. 여기서 네 팀이 마지막 경쟁을 거쳐 우승팀이 가려진다. 플레이오프 진출이 성공한 팀과 실패한 팀의 기준인 것이다. 그리고 성공의 마지노선은 5할 승률, 128경기 중 최소 64경기를 승리해야 한다는 전제조건이다. 바꿔 말하면 절반이나 져도 된다는 말이다. 인생으로 환산하면 사십오 년 가까이 실패해도 괜찮다는 말이 된다.

　　64경기의 승리만큼 64경기의 패배가 중요한 이유다. 우리는 예순네 번을 져야만 한다. 그 패배에서 뭔가를 배워야 하고, 실수를 만회할 수 있는 열쇠를 찾아야 하고, 다음에 만났을 때 멋지게 복수할 수 있는 비장의 무기를 마련해야 하고, 오늘의 패배가 내일 시합에 영향을 주지 못하도록 최대한 적은 점수 차로 져야 하고, 괜한 역전 욕심에 무리해서 부상당하지 않게끔 나를 관리해야 한다. 승리의 모습은 비슷해도 패배의 모습은 제각각이다.

　　승리에는 열광과 환희뿐이지만, 패배에는 자각과 겸손과 분노와 반성과 후회와 의욕과 도전이 있다. 패배를 통해 우리는 더 많은 것을 얻게 되는 것이다.

　　우리는 태어나면서부터 치열한 경쟁에 내던져졌다. 아이들은 유명인이 되기를 꿈꾼다. 그리고 이 꿈을 이루지 못한 사람들은 스스로를 실패한 인생으로 여긴다. 부모님은 자신이 이루지 못한 성공을 자식들이 이뤄주길 바라면서 지극정성을 쏟는다. 그렇게 이기는 법에 대해서만 가르쳐준다.

하지만 인간은 따로 배우지 않아도 이기는 법을 알고 있다. 이겨야 된다는 본능을 타고났기 때문이다. 그 이면에 더 큰 가치를 지닌, 남에게 잘 지는 방법에 대해서는 다들 관심이 없다.

이제는 실패에 익숙해져야 한다.

현실은 승리보다 패배가 훨씬 많다. 어른들의 세계이든, 아이들의 세계이든 1등은 한 명이다. 그 한 명의 1등 때문에 수많은 사람이 패배와 좌절의 쓰라림을 맛보아야 한다. 학교 시험에서, 대학 입시에서, 입사시험과 승진시험에서 경쟁해야 한다. 그때마다 나보다 더 뛰어난 사람들을 만나게 된다. 그들에게 승리할 확률보다 패배할 확률이 더 높은 것은 부정할 수 없다.

다행히 인생은 리그전이다. 준결승, 결승 같은 단판 승부가 아니다. 리그전이므로 리그가 끝나기 전까지 몇 번이고 경쟁하게 된다. 프로야구는 같은 팀끼리 열여섯 번이나 시합한다. 꼴찌 팀과 1등 팀이 열여섯 번 만나는 것이다. 이 열여섯 번의 시합에서 승리 팀이 기대할 수 있는 최대치의 승률은 8할. 열 번 싸워 여덟 번은 1등이 승리하는 게 세상의 질서다. 반대로 생각하면 꼴찌가

1등을 이길 수 있는 기회가 무려 두 번이나 주어진다. 첫 시합에서는 정신 못 차리고 큰 점수 차로 패했다. 전력의 차이에 절망했다. 그렇게 두 번, 세 번 패한다. 그러는 사이에 면역이 생겨 이 팀과 상대할 때 내가 절대로 해서는 안 될 실수를 깨닫게 된다. 무엇을 준비해야 되는지 알게 된다. 처음으로 상대팀에게서 점수를 뽑았고, 나도 할 수 있겠다는 자신감이 생긴다.

첫 시합에서는 콜드게임 패배였지만, 다음 시합에서는 9회 말까지 버텨냈다. 그 다음 시합에서는 10점밖에 실점하지 않았고, 네 번째 시합에서는 마침내 첫 득점에 성공했다. 그렇게 조금씩 지면서 따라가는 것이다. 열여섯 번의 시합에서 승리에 도취된 상대가 긴장이 풀려 에러를 할 수도 있고, 그날따라 컨디션이 좋지 않다거나, 에이스가 부상을 당해 출전하지 못하는 일이 서너 번은 있을 것이다. 그때가 기회다. 마침내 꼴등이 1등에게서 승리를 거두게 된다. 물론 큰 의미는 없다. 1등에게 그 패배는 128경기 중 20~30경기는 경험해야 될 패배 중 하나일 뿐이다. 바꿔 말하면 제아무리 강력한 1등이더라도 최소한 열에 두 번은 패배를 감수해야 한다는 뜻이 된다.

하지만 우리에겐 1등을 잡았다는, 포기하지 않고 여기까지 따라왔다는 엄청난 자신감이 소득으로 주어진다. 1등에게 이겨봤으니 2~4등은 더 이상 못 넘을 벽이 아니다. 내 앞의 7~8등은 더 더욱 작게 느껴진다.

만약 패배를 기정사실화하고 되지도 않을 시합에 힘써봐야 골병밖에 더 들겠느냐며 미리 포기했더라면 어떻게 됐을까? 우린 해도 안 돼, 쟤들은 1등이야, 나랑 완전히 달라……. 1등이 그날따라 에러를 남발하고, 2등과의 다음 시합을 대비해 주전들을 쉬게 하고, 부상이 속출해 평소 같은 전력을 갖추지 못한 천재일우의 기회를 발로 걷어 차버리는 결과가 된다.

승리는 준비된 자의 몫이다. 그리고 준비는 패배의 시간을 통해 갖춰진다. 승리한 자는 다음 시합을 준비하지 않는다. 오직 패배한 자만이 다음 시합을 기다린다. 패배라는 결과에 실망한 나머지 패배의 과정을 망각한 자들에게 패배는 아픔밖에 줄 것이 없다.

그러나 패배라는 결과를 뻔히 알면서도 다음 시합이 주어질 것이라는 기대로 한 점이라도 뽑고, 상대를 긴장시키고, 상대의 약점을 찾고, 나의 실력이 통하는지 확인하려는 적극적인 패자에게 패배는 희망을 선물해준다.

part 5

청춘, 우리가 앞으로 걸어갈 길

우리는
모두
똥차다

직장생활을 하다 보면 왕따도 있고 집단 괴롭힘도 있다. 소싯적 학창시절 장난 같은 일들이 아주 당연하게, 논리적으로 일어나는 것을 보고 당황하게 될 때가 많다. 다 큰 어른들이 별 것 아닌 일에 삐치고, 샘이 나서 말도 안 붙이고, 하지도 않은 말과 행동을 핑계 삼아 음해하고, 어리고 여자라는 이유로 괴롭히는 상황들이 가해자와 피해자, 목격자까지 아무렇지 않게 받아들여지는 데 놀라게 된다.

　이때 주로 당하는 경우는 착하고, 말수 적고, 술 잘 안 먹고,

열심히 일하고, 상관에게 '사바사바' 하지 않는, 나 홀로 열심히 살아가는 것으로 충분하다고 믿는 사람들이다. 그들은 성실하지만 밖에서 보기엔 약간 답답한 면이 없지 않고, 속된 말로 '유도리 ゆとり: 기력, 여유를 뜻하는 일본어'가 없어 상사나 동료 앞에서 '액션'을 취하는 데 미숙하다.

직장생활 혹은 사회생활에서 '액션'이 차지하는 비중은 의외로 상당하다. 여기서 '액션'이란 '보여주기'를 의미한다.

거의 모든 직장이 피라미드 형태를 띠고 있다. 일은 많이 하는데 권한이 없는 사람들이 절대다수다. 그렇다 보니 관리직 눈에 들 수 있는 기회가 드물다. 내가 이만큼 열심히 했으니 알아주겠지, 인정해주겠지, 나를 믿고 맡겨주겠지……. 이와 같은 기대는 하지 않는 편이 좋다. 듣기 좋은 말로 아양을 떨고, 알아서 척척 무릎을 꿇고, 떡고물이라도 혼자 먹지 않고 나눠줄 줄 아는 재기를 갖춘 자들이 '인재'로 평가되어 다음 세대의 관리직을 물려받는다.

한마디로 봐주지 않는 곳에서 땀 뻘뻘 흘려봐야 돌아오는 것은 더 많은 노동착취와 책임이다. 혹시나 책임이라는 말에 솔깃해졌을까 봐 미리 말해두겠는데, 직장에서 책임과 권한은 엄연히 다른 부서다. 권한은 성과에 대한 독식이며, 책임은 잘못됐을 경우

떠안아야 될 죄목이다. 직장에서 책임이 늘어난다는 것은 혼자 독박 쓰고 남들 치다꺼리만 하다가 좋은 자리 다 빼앗긴 채 정리해고 명단 맨 윗줄에 내 이름 석 자를 떡하니 올려놓게 되리라는 조짐이다.

그런데 조직이라는 곳이 참 우스워서 이처럼 남들이 다 피하고자 하는 길을 솔선하여 걸어가는 이들이 한둘은 있게 마련이다. 곁에서 지켜보기에 그들이 자처해서 겪는 착취와 불평등과 소외는 불쌍하다 못해 서글퍼지기까지 하다. 그 타고난 미련함에 처음에는 고개를 절레절레 흔들게 되지만, 같이 몇 년을 부대끼며 일하다 보면 그의 오지랖이 희생에 대한 타고난 천성처럼 숭고하게 느껴지면서 적자생존의 법칙이 지배하는 정글 같은 나의 일터가 어느 순간 영화 〈미션〉에 나오는 중남미의 밀림이 되어버린다. 인간에 대한 무한한 맷집으로 무장한 그들의 양보와 인내와 침묵은 가브리엘 신부(제레미 아이언스 분)이며, 속물근성으로 무장한 우리는 친동생을 살해한 멘도자를 닮았다. 한 가지 다른 점이 있다면 직장에서 그의 호칭은 가브리엘 신부님이 아닌 '똥차'라는 것뿐이다.

직장에서 '똥차'가 되려면 세 가지 조건을 만족시켜야 한다. 첫째 짬밥이 돼야 하고, 둘째 누가 봐도 성실하게 일을 잘해야 되며, 가장 중요한 셋째로 승진에서 번번이 탈락해야 한다. 그렇게 몇 년씩 진급시험에서 누락되어 같은 부서 후배들 인사고가를 앞에서 쪽쪽 빼먹어야지만 '우리 부서에 똥차가 대기 중'이라는 대전제가 완성되는 것이다.

'똥차'의 역할은 거듭된 진급탈락으로 승진시험을 눈앞에 둔 후배들 앞길을 막아내는 동시에 부서 및 직장 내의 오물처리에도 앞장서야 한다. 어리버리한 신입사원을 '다이다이^{對의 일본식 발음에}_{서 유래된 비속어. 단둘이 혹은 '일대일로'라는 뜻}'로 가르쳐 사람 만들어놓거나, 다들 기피하는 잡무를 도맡거나, 상사가 저지른 실수를 자기 몫으로 떠안고 욕을 바가지로 먹는 것 등이 대표적인 오물처리 임무라고 하겠다. 그러다 보니 '똥차'는 직장 내 왕따의 주역으로 기피대상인 동시에 언제든 도움을 청할 수 있는 적십자 같은 이중적인 위상을 갖게 된다.

젊어서 기자로 일할 때 우리 신문사에 유명한 '똥차'가 한 명 있었다. 그는 나보다 한 살 많았는데, 그 형 이야기를 꺼내려다 보니 서론이 길어졌다. 나랑 동기였지만 부서가 달라 면식은 없었다.

입사 후 십 년쯤 지나 나는 승진해서 데스크가 되었다. 신문사 데스크란 기자들에게 취재를 지시하고, 작성된 기사를 검토해 신문에 올릴지 말지를 결정하는 편집 센터다. 데스크가 되면 차장

급 대우를 받는다. 그날 아침부터 다음날 새벽까지 전국 각지에서 올라오는 수백 개의 기사를 읽고 선별하기란 몸도 고되고 스트레스도 이만저만이 아니었다.

특히 그날따라 기사가 영 시원치 않을 때는 조바심이 났다. 경쟁사 신문에 질적으로 뒤지는 꼴은 볼 수 없었기 때문이다. 그때마다 우리는 똥차 형을 찾았다. 그러면 똥차 형은 끝내주는 기사거리를 가져다주었다. 사회 곳곳의 알려지지 않은 사건들, 문제들에 대한 예리한 진단이었다. 특종 같은 카운터펀치는 아니더라도 꽤 괜찮은 훅은 되었다.

형은 그때껏 평기자였다. 게다가 알짜라는 사회부, 정치부는 근처도 가보지 못한 채 교열부신문이 인쇄되기 전에 오탈자가 없는지 마지막으로 점검하는 부서와 같은 끗발 없는 부서에 '유배'되거나 당시만 해도 좌천이라는 인식이 강했던 제주도, 서남해안 일대의 지방주재 기자로 떠돌 때가 많았다.

당시 그 형에 대한 평가는 그야말로 '똥차' 수준을 넘어 요즘 이라크에서 공포의 대상이 되고 있는 차량폭탄 테러에 맞먹는 수준이었다. 진급철만 되면 신문사의 가장 큰 화두는 똥차 형이 이번에는 과연 승진할 것인가, 만약 이번에도 탈락한다면 어느 부서로 발령날 것인가 하는 것이었다.

똥차 형의 잦은 발령에는 이유가 있었다. 진급대상이 많은 부서에는 똥차 형이 갈 수 없다. 고가考課를 나눠먹어야 하기 때문이다. 후배들 입장에서는 제때 승진 못한 낙오자 때문에 나한테 떨어져야 할 고가가 반으로 쪼개진다고 생각할 것이고, 당연히 부서 분위기가 뒤숭숭해진다. 부서를 책임지는 관리자로서는 달갑지 않은 일이다.

그래서 연차가 얼마 안 되는 햇병아리들이 많은 부서에 발령을 내곤 했는데, 이마저도 몇 년 후에는 햇병아리들이 중닭으로 성장해 홰를 치기 시작하니 형은 또 자리를 피해줘야 되는 신세가 되는 것이었다. 그렇게 똥차 형은 십 년 동안 전국 각지, 신문사의 거의 모든 부서를 떠돌았다.

그런 형의 신세를 소문으로만 듣다가 직접 같이 일을 해보니 이해가 안 되는 부분이 한둘이 아니었다. 우선 형은 진짜 기자였다. 기사를 잘 썼다. 정말 기자답게 취재하는 몇 안 되는 사람이었다. 게다가 인간성도 좋고 책임감도 뛰어나서 신입기자들 교육은 그 형이 전담했다. 그 형 밑에서 부사수 노릇을 한 친구들은 너나 할 것 없이 노른자위 부서로 차출되었다. 형은 그렇게 떠난 후배들을 '내 새끼'라고 부르며 헤어진 후에도 자식처럼 챙겨주었다.

이런 사람이 왜 '똥차'가 됐는지 궁금했다. 원인은 두 가지였다. 첫째는 양보, 둘째는 진실이었다.

형은 늘 양보했다. 오랫동안 기획 취재한 테마를 누가 달라고 부탁하면 망설이지 않고 건넸다. 똥차인 자기한테까지 부탁하러 올 정도면 오죽 답답한 상황이겠느냐는 것이다. 그리고 진실 앞에서는 타협하지 않았다. 상부에서 민감한 사안이니 건드리지 말라고 압력을 넣어도 형은 말을 듣지 않았다. 권력을 무서워하지도 않았고, 그에 빌붙어 기생할 생각도 없었다. 그럴수록 동료들의 평가는 독불장군, 안하무인, 피하고 싶은 사람, 가망이 없는 낙오자로 굳어져갔지만 형은 오직 자기의 진심만 따라갔다. 조직의 평가와 기준에 맞춰 살아가기보다는 스스로를 돌아봤을 때 부끄럼이 없는 삶을 꿈꿨다. 타인의 관점에 따라 폄훼되고 상처받는 것은 용납해도 자기가 해야 될 일을 귀찮아서 미루는 것은 받아들이지 못했다. 그런 진심을 버리지 않았기에 형은 그 독한 신문사에서 살아남을 수 있었다.

숱한 부서를 떠돌면서 전국 각지의 상황부터 문화·예술·스포츠·외신까지 어떤 일이든 맡길 수 있는 올라운드 플레이어가 된 것이다. 동료들은 그래봐야 땜빵밖에 더하느냐고 비아냥거렸지만, 직장에서 전문성이란 사실 허울 좋은 말장난에 불과하다. 어차피 여럿이 하는 일이다. 한 가지를 특색 있게 파헤치기보다는 발등에 불이 떨어졌을 때 그럴듯하게 메워주는 것도 대단한 능력이다. 말 안 듣고 답답하고 비주류 아웃사이더의 두목 격인 똥차라지만 일만큼은 맡겼을 때 믿음이 갔다.

똥차 형의 마음고생도 상당했다. 술자리에서 감정이 격해져 울었던 적이 한두 번이 아니다. 더러워서 나간다는 말을 입에 달고 살았다. 그러나 늘 끝에 가서는 이렇게 다짐했다.

"이왕 똥차가 된 김에 갈 때까지 가 보겠어. 쓸모가 있으면 나가라고 하지는 않겠지. 육십까지 똥차 짓 좀 해보지 뭐. 외국에서는 현장이 좋다고 일부러 평기자로 남는 사람도 많아."

패기였다. 나는 그렇게 보았다. 남들은 자존심도 없이 저리 말한다고 우습게 여겼지만, 내 눈에는 자존심마저 죽인 그 패기가 거대해 보였다.

형은 실제로 똥차임을 숨기거나 부끄러워하지 않았다. 공공연히 나는 똥차다, 내가 더럽게 느껴지면 너희가 피해 가라, 대신 너희가 싸질러놓은 게 있으면 내가 책임지고 치워주겠다고 말했으며, 자기 말대로 행동했다. 말과 행동이 어긋나지 않았기 때문에 그를 불쌍히 여기는 사람들도, 그를 미워하고 시기하는 사람들도 그가 조직에 필요하다는 것만큼은 부정하지 않았다.

얼마 후 나는 신문사를 나왔고, 그 뒤로는 각자 사는 게 바빠서 소원해졌다. 들리는 말로는 몇 년 더 똥차 짓을 하다가 마침내 승진했고, 그 후로도 계속 버텨 정년으로 퇴직했다고 한다. 퇴직 후에도 계약직 임원이 되어 계속 신문사에 남았다. 동시대에 잘 나가던 기자들이 자기 몸값을 올려 정치권으로, 학계로, 대기업으로 신분상승을 노려 떠나준 덕분에 똥차 형에게 기회가 온 것이다.

그 질긴 삶이 세상을 떠난 지도 벌써 십 년쯤 되었다. 속으로 참아낸 분노와 슬픔의 세월 때문인지 똥차 형은 은퇴하자마자 암이 발견되어 오랫동안 병원에서 고생하다가 세상을 떠났다. 발견되었을 때 이미 말기였다는데 포기하지 않는 패기가 퇴직 후에도 몸에 남아 있어 직장에서 살아남던 버릇으로 암과의 더부살이를 시작해 참 오래도 버텨냈다. 그 질긴 생명력에 주치의도 혀를 내둘렀다고 한다.

요즘 같은 세상을 살다 보면 그 형이 자주 생각난다. 적성에 맞지 않으면 한 살이라도 젊었을 때 다른 일을 찾아야 한다는 것이 지혜처럼, 요령처럼 말해지는 이때에, 과연 자기 적성이 무엇인지 알고 있는 사람이 몇이나 되는지 궁금하다.

우리의 가장 큰 적성은 인생이며, 인생에서 직업은 여러 가지 수단 중 하나일 뿐이다. 직업이라는 것이 궁극적으로는 진정한 나를 찾아가는 방법이기 때문에 그 끝에 남아야 될 것은 연봉과 명패와 근속기간이 아닌, 실현된 나의 가능성과 참고 이겨낸 나의 의지여야 한다. 그것을 보지 못한 채 겉으로 드러난 화려한 성과, 사람들의 시선, 시대가 바라는 코드를 추구하는 것은 아닌지 똥차 형의 삶을 통해 새삼 반추하게 된다.

우리 모두가 능력을 타고나는 것은 아니다. 운을 타고나는 것도 아니다. 성공할 수밖에 없는 배경을 뒤로 한 채 태어나는 것도 아니다. 우리들 대부분은 똥차가 된다. 서로가 서로에게 똥차가 된다. 구차할 수밖에 없다. 그 구차함을 못 이겨 오늘도 숱한 청춘들이 방황하고, 좌절하고, 모색한다.

하지만 길은 의외로 가까운 데 있다. 바로 자기 자신이다. 인생에 필요한 가장 큰 재능은 인내이기 때문이다. 참아낸다는 것은 누구의 도움도 없이 오직 나 혼자만의 싸움이며, 따라서 그 결과 또한 전적으로 나의 것이다. 패배도, 승리도 나의 것이다. 인내야말로 나의 전부를 걸고 도전해볼 만한 평생직장이 아닐까?

죽음마저도 끈질겼던 똥차 형이 그리워지는 날이다.

내가 살아온
날들이
부끄럽지 않게

내 인생의 주인공은 바로 '나'다. 나의 삶은 '나'라는 인간이 살아온 시간이며, 앞으로 살아가게 될 시간에 대한 기대감이다. 따라서 인간이 바뀌면 인생이 바뀐다.

'나'라는 인간이 바뀌려면 어떻게 해야 할까? 먼저 생각을 바꿔야 한다. 생각을 바꾸면 행동이 바뀐다. 행동이 바뀌면 그 다음으로 평소의 습관이 바뀌고, 습관이 바뀌면 바뀐 습관에 적응하기 위해 인격이 변한다. 인격이 변하면 자연스레 인간이 바뀐다. 인생이 바뀌는 것이다. 인생이 바뀌었다는 말은 '나'라는 인간이 선천적으로 타고난 본성에서 벗어나 후천적인 운명을 만들어냈다는 뜻이다.

인생을 바꾸는 첫걸음은 생각의 변화다. 생각의 변화라……. 민주주의를 신봉하던 사람이 공산주의로 돌아서고, 불교신자가 교회에 나가고, 영업사원이 회사를 뛰쳐나가 내 가게를 여는 식의 사소한 쇄신이 아니다. 나의 죽음을, 내가 이 세상에서 어떻게 사라질 것인가를 생각해본다.

우리가 생각했던 미래의 나는 어떤 모습이었을까? 나이 든 내 모습은 이럴 것 같다, 라고 상상해본 적이 있을 것이다. 나는 한 번도 그런 생각을 하지 않았다고 말한다면 거짓말이다. 인간은 죽음을 인식하게 되는 그 순간부터 자신의 최후를 떠올리며 살아간다. 그것이 본능이기 때문이다.

프로이트가 말하기를 우리 안에 타나토스Thanatos라는 죽음에의 갈구가 있다고 한다. 이 타나토스는 상당히 공격적인 본능이다. 인류는 자연이 파괴되는 만큼 자신들의 생존 또한 비례해서 위협받는다는 것을 알고 있다. 그럼에도 자연을 파괴하는 공업화된 문명을 포기하지 못한다. 일종의 타나토스가 발동한 탓이다. 본능으로 타고난 타나토스에 의해 우리는 어렸을 때부터 '나이 든 나' 즉 죽음에 더 한층 가까워진 '나'를 상상해보게 된다.

와 닿지 않아도 그때를 생각해보는 것이다. 오늘이라는 현실의 배경은 사람마다 제각각이다. 건강한 사람도 있고, 병든 사람도 있다. 경제적으로 걱정이 없는 사람도 있고, 수입이 일정치 못해 고민하는 사람도 있다. 부모님과 함께 사는 사람도 있고, 결혼해서 독립한 부부도 있다. 또 홀로 살아가는 사람도 있다. 우리가 처한 현실은 저마다 다르고, 당연히 살아가는 모습도 가지각색일 테지만 평등하게 주어진 선택과 권한은 딱 두 가지로 동일하다.

첫째는 늙음이다. 나이 들어 점점 더 죽음과 가까워지고 있다는 불변의 법칙이다. 나머지 하나는 두뇌다. 인간의 지적능력은 공평과는 거리가 멀다. 세상에는 노벨물리학상을 받는 석학이 있는가 하면 한글도 읽지 못하는 촌부가 있다. 그러나 이것은 기회와 수련에 따른 차이일 뿐 천부적 불평등은 아니다.

알츠하이머병에 걸렸거나 정신병원에 입원해야 될 정도로 착란과 환각증을 겪지 않는 한, 인간은 자신의 미래를 생각할 수 있다. 노벨상 수상자이든, 한글도 모르는 시골 할머니이든 두뇌에서 벌어지는 생각의 회오리는 그 누구도 강압적으로 멈추거나 완력으로 지배하지 못하는 유일무이의 독립체다. 전쟁터에 끌려가는 군인과 교수대의 계단을 오르는 사형수처럼 죽음이 때로는 외부 의사에 휘둘릴 가능성이 있다지만, 머릿속에서 펼쳐지는 생각만큼은 신神과 당사자 외에는 아무도 알지 못하고, 아무도 훔쳐볼 수 없다.

한두 살 먹은 어린애도 아닌데 요즘 들어 이런 착각이 들곤 한다. 몇십 년 전으로 되돌아가 한창 직장에서 일하던 시절로 다시 가보고 싶다. 그때로 돌아간다면 정말 실수하지 않고, 사람들에게 상처 주지 않고, 내 능력을 의심받지 않고 당당하게 일할 수 있을 것 같은데……. 이제는 망상 속에서 지나간 세월을 아쉬워할 뿐인 처지가 되었다. 가끔 거울을 보면 거동조차 쉽지 않은 늙은 노새가 홀로 마구간을 지키고 있는 듯한 착각이 든다.

그런 기분이 찾아오면 한동안은 '멘붕'이다. 이제껏 살아온 시간들이 오늘처럼 외롭고 착잡한 날을 위해 계속되어 왔던 것인가, 나는 무엇 때문에 양심과 영혼을 속이며 경쟁하고 다퉈왔던 긴가, 후회가 밀려온다. 제발 한 번만 더 청춘이 돌아와 준다면, 하고 가당치도 않은 욕심에 속만 태우기도 한다.

잘나가던 시절을 추억할 수도 있고, 잘못한 기억이나 잘못된 선택을 후회할 수도 있지만, 확실한 건 내가 오늘 살아 있다는 것이다.

지금 내 방에서 이 글을 쓰고 있는 나는 올해 여든다섯 살이 되었다. 팔십 년이 넘는 세월을 살아오면서 인생의 가장 큰 부분

우리가 생각했던

미래의 나는 어떤 모습이었을까?

나이 든 내 모습은 이럴 것 같다, 라고

상상해본 적이 있을 것이다.

나는 한 번도 그런 생각을 하지 않았다고

말한다면 거짓말이다.

인간은 죽음을 인식하게 되는 그 순간부터

자신의 최후를 떠올리며 살아간다.

그것이 본능이기 때문이다.

은 만남이라는 것을 알게 되었다. 굳이 정의를 내리자면 우리의 존재, 그리고 우리가 쌓아온 모든 것들은 우연한 만남의 겹침으로 이루어졌다. 그리고 존재에게 부과된 단 한 가지 진실은 그토록 숱한 만남을 겪어왔으나 정작 꼭 만나야 될 사람인 '나'를 그냥 지나쳤다는 것이다.

세상과 부딪히고, 그곳에서 불의와 상처와 희열을 맛보며 나름대로 최선을 다해 일하고, 가족을 돌봤다. 그런데 나이가 들수록 나와의 거리는 더욱 멀어진다. 나를 위해 산다고 여겼는데, 그 믿음이 확고해질수록 정작 나 자신은 어디론가 사라지고, 나를 만날 기회도 점점 더 줄어들었다. 인생에서 가장 중요하고 소중한 나와의 만남에 대해서는 눈을 감은 채 살아온 것이다.

죽음이 인생의 끝일까? 나는 머잖아 죽을 것이다. 나와 죽음 사이에는 이미 미련도 훼방꾼도 없다. 나는 이미 대한민국 성인남성의 평균수명 이상을 살고 있다. 언제 죽어도 후회되거나 미련이 남을 나이가 아니다.

하지만 생각해보면 죽음과 조우하기 전에 내 삶은 끝나 있었다는 생각이 든다. 내가 나를 포기했을 때, 인생이라는 길 위에 아직도 쏟아버리지 못한 정열과 이루지 못한 꿈들이 도태되어 있는 것을 바라볼 때마다 나는 이미 예전에 스스로를 끝내버렸던 게 아닐까, 두려워진다.

로마의 시인 베르길리우스는 만년에 이렇게 노래했다.

부디 길을 묻지 말게나.

이정표도 찾지 말게나.

얼마나 더 걸어야만 포도주로 목을 적실 수 있겠느냐고 묻지 말

아주게나.

어디를 가던 길이냐고 묻는다면 나는 대답하리라.

나의 영혼에게로 돌아가는 중이었다고.

누군가는 백 년을 넘게 살고도 아무에게도 기억되지 않는다.
누군가는 삼십 년을 살아도 사람들 가슴속에 영원히 살아 있다.
나의 오늘이 나는 자랑스럽지 않다. 오래 살았다고 자랑은 아니니
까. 나의 살아온 시간들에 부끄럽지 않기 위해서라도 나는 지금
서 있는 이곳에서 한 발자국, 딱 한 발자국만 더 나아가고 싶다.

작년 한 해 동안 육십오 세 이상 고령자가 낸 교통사고가 무려 1만 5,000건이라고 한다. 미국의 모 대학에서 재미난 실험을 했는데, 육십오 세 이상 운전자 중 60퍼센트가 정지표지판을 제때 못 보거나 바뀐 신호등에 반응하는 속도가 느렸다고 한다. 그 상태가 음주 운전자와 비슷했다는 결과를 보고 이 어지러운 세상을 오래 살다보면 술 마시지 않고도 삶에 취하는 득주得酒의 경지에 오르는구나 싶어 한편 웃기면서도 돌아서니 씁쓸했다.

나는 이십 년 전에 면허증을 땄다. 예순다섯, 참 느지막이 면허증을 땄다. 미국 대학에서 말하는 운전대를 놓아야 될 시기에 난생 처음 국가고시라는 것에 합격한 것이다.

그때도 내가 시험장에 온 수험생들 중 나이가 제일 많았다. 최종적으로 주행시험에 합격했을 때 시험장에 모인 사람들이 박수를 쳐줬다. 머쓱하기도 하고, 아직 할 수 있다는 자신감에 뿌듯하기도 했다. 한편으로는 '이 나이에 새삼 면허증을 따본들 앞으로 몇 년이나 차를 몰 수 있을까?', '그동안 면허 시험을 준비하느라 우여곡절이 많았는데 내가 철없이 허튼 수고로 귀한 시간을 낭비한 건 아닐까?', 이런저런 걱정과 기대가 컸었다. 면허증을 받고 나오면서 '앞으로 딱 오 년만 핸들을 잡고 운전해보자. 그러면 성공이다'라고 생각했었다.

그로부터 이십 년이 지났다. 추월차로인 1차선을 경로선敬老線으로 인지하고 자라처럼 목을 쑥 뺀 채 좌우후방 안 쳐다보고 앞만 보며 내달리는 노인 운전자는 눈엣가시다. 그 옆을 추월하며 정신 차리라고 클랙슨을 빵빵거린다.

고속도로에서도 나의 질주는 막을 자가 없다. 안동에 놀러가면서 170킬로미터까지 밟아봤다. 뒤가 붕 뜨는 느낌이다. 달리는 게 아니라 날아간다. 그날 이후로 다시는 과속운전을 하지 않지만, 그래도 죽기 전에 이 좁은 보폭의 인생길에 슈퍼맨까지는 아

니더라도 날아가듯 질주해본 경험은 있어야 한다는 생각에 후회
는 없다.

오 년만 운전해볼 요량으로 딴 면허증이 이십년 째 내 주머니
속에 있다. 이십년 전, 면허증을 따봐야 앞으로 몇 번이나 차를 몰
아볼까, 라고 의심했던 스스로의 기대치에 인생은 보기 좋게 한
방 먹여버렸다. 나조차 믿을 수 없고, 바라지 않았던 일들이 어떻
게 가능해졌을까? 뇌력腦力 덕분이다. 눈도 늙고, 귀도 늙고, 사지
분별 없이 다 늙어도 뇌는 안 늙는다. 나이가 들면 지력이 떨어진
다고 하는데 누가 지어낸 거짓말인지는 몰라도 매우 악의적인 노
인폄훼다. 아니 인간폄훼다.

인류 역사상 최고의 천재로 꼽히는 아인슈타인은 자기 뇌의
20퍼센트를 사용했다고 한다. 평범한 일반인은 기껏 2~3퍼센트
만 쓰고 죽는다. 극소수 천재를 제외한 우리 같은 소시민은 타고
난 뇌 용량의 97퍼센트는 아예 건드려보지도 못한다는 계산이다.
반대로 생각해보면 자기 뇌의 20퍼센트를 쓴 아인슈타인에 비해
3퍼센트밖에 써먹지 못한 우리 머릿속엔 아인슈타인보다 더 많은
뇌세포가 남아 있다는 결론이다.

뇌세포는 약 1,000억 개. 그중 감각과 운동, 기억, 인지를 담
당하는 대뇌피질에 140억 개의 뇌세포가 꿈틀대고 있다. 인간의

지적능력은 사실상 이 대뇌피질에 달려 있다고 해도 과언이 아니다. 주름으로 이루어진 대뇌피질을 펼쳐놓으면 기껏해야 신문지 한 장 크기에 불과하다. 신문지 한 장 크기의 주름진 덩어리가 우리의 일생을 좌우하는 것이다.

세상에 잘못 알려진 속설로 한 번 죽은 뇌세포는 두 번 다시 재생 못한다는 이야기가 있다. 그래서 항간에는 축구선수는 헤딩을 많이 해서 머리가 나쁘다느니, 학교에서 꿀밤을 많이 맞아 머리가 나빠졌다느니 하는 우스갯소리들이 나오곤 했다. 그런데 실제로는 죽은 개수만큼은 아니더라도 절반쯤은 다시 생성된다. 또 외부충격으로 손상된 뇌세포가 자기치유로 회복되기도 한다. 파킨슨병처럼 뇌가 석회화를 일으키지만 않는다면 인간의 뇌는 절대로 그 기능이 떨어지지 않는다는 얘기다.

인간의 뇌는 생후 8개월이면 완성된다. 피부, 장기, 뼈, 근육이 이십대 중반까지 성장하는 것과 달리 인간의 뇌는 생후 8개월이면 기능적으로 성인과 다름없다. 그 후로는 크기와 사용빈도가 늘어나는 것뿐이다. 근육은 꾸준한 운동이 뒷받침되지 않으면 금방 줄어들고 약해진다. 다리가 부러져 한두 달 깁스했다가 제거하면 부러졌던 다리가 젓가락처럼 가늘게 변해 있다. 깁스하는 동안 사용하지 않은 근육들이 전부 사라진 탓이다. 뼈도 서른 살 이후로는 노화가 시작되어 칼슘이 빠져나간다. 그로 인해 골다공증이 발병할 위험이 높아진다. 장기도 마찬가지다. 나잇살로 불리는 아랫배가 중년 이후 급격히 불어나는 까닭은 내장의 신진대사능력이 현저하게 떨어졌기 때문이다. 이처럼 몸의 기능들이 젊은 시절과 비교해서 점점 더 약해지고 온갖 병에 무방비로 노출되는 데 비해 뇌라는 장기는 생후 8개월과 여든 살 노인을 두고 봤을 때 기능적 차이가 거의 없다.

생후 8개월이면 뇌는 완성된다. 나의 뇌는 내가 생후 8개월이었던 시절, 내 생일이 음력 2월이니까 1930년 12월경 완성된 이후로 지금까지 써먹고 있다는 뜻이다. 생후 8개월 때나 지금이나 나의 머리는 바뀐 게 없다. 고작 내가 가진 뇌 능력의 3퍼센트를 학교 다니고, 대학 졸업하고, 직장에 다니고, 돈 모아서 집 사고 저축하고, 사람들 눈치 보며 미움 받지 않는 데 소비했을 뿐이다.

그렇다면 나머지 97퍼센트는 어디 있는가. 97퍼센트는 그동안 뭘 하고 있었을까?

이제 막 말을 뗀 아이들에게 꿈이 뭐냐고 물어보면 별의별 대답이 다 돌아온다. 대통령이 되겠다, 박지성 같은 축구선수가 되겠다는 꿈은 차라리 상식의 테두리를 벗어나지 않는다. 우주선이 되고 싶다는 녀석, 전기뱀장어가 되어 좋아하는 어린이집 여자친구 방에 전기를 공짜로 보내주고 싶다고 진지하게 말하는 다섯 살 난 꼬마도 있었다.

어렸을 때는 그런 허망한 꿈이 장난으로, 아이다운 천진난만함으로 강제 포장되어 어른들의 사랑을 받게 되지만, 열 살만 넘어가도 우주선을 꿈꾸던 아이는 대기업 전자회사 입사에 필요한 학력을 쌓는 데 인생을 소진하기 시작하고, 사랑을 위해 전기뱀장어를 꿈꾸던 꼬맹이는 무력한 학벌 앞에서 결혼을 포기하고 만다.

그러나 간혹 어른이 되어서도 허무맹랑한 꿈을 버리지 못하는 바보들이 있다.

1980년대 미국의 한 청년은 책처럼 생긴 컴퓨터를 만들겠다고 장담했다. 사람들은 코웃음을 쳤지만 삼십 년 뒤에 그 청년은 정말 책처럼 생긴 컴퓨터를 만들었다. 그게 바로 애플의 아이패드다. 청년은 스티브 잡스다.

1994년 아프리카에서 온 백인 청년이 입학 이틀 만에 스탠퍼드 대학원을 그만두며 이런 말을 남겼다. "화성에 집을 짓겠다." 이십 년이 흘렀고, 청년은 민간인 최초로 로켓을 우주로 쏘아올린 주인공이 되었다. 우주항공회사 '스페이스X'의 창업자 엘런 머스크다.

바보짓도 이십 년 동안 계속하면 '진짜'가 되는 것이다. 그 힘이 우리에게 있다.

만년초萬年草로 불리는 풀이 있다. 우리나라 고산지대에서 자생하는 약초다. 겨울을 푸른 잎으로 버티는 특색이 있다. 한겨울을 철 지난 푸른 잎으로 이겨내려니 그 생이 고단하고 위험치 않을 리 없다. 그럼에도 만년초는 한겨울 푸른 잎을 포기하지 않는다. 꿈꾸는 대로 만 년을 살아내고자 겨울에도 생을 놓아두지 못하는 것이다. 그 시련과 고통을 청춘에 비견할 수 있지 않을까?

돌이켜보건대 우리네 삶 또한 온갖 실패와 좌절로 덧칠되어 있다. 사람이나 식물이나 한 세상 살아가기란 허황된 꿈이며, 이루어지지 않는 꿈의 실천이다. 그것이 삶의 본질이며 거기에서 사람은 진정한 행복을 맛본다.

이름 없는 들풀도 만 년의 세월을 꿈꾼다. 그 힘은 눈앞의 시련을 참고 버텨내는 것만이 아니며 꿈꾸고 도전하고 제 갈 길을 나아가는 우직함에서 만들어진다. 우리 머릿속에 아직도 97퍼센트의 뇌세포가 남아 있는 까닭은 사람이 우주선이 될 수 있고, 전기뱀장어가 될 수 있고 만 년을 생존할 수 있기 때문이리라.

이십 년 전, 내 나이 예순다섯 살에 스무 살짜리 코흘리개들과 나란히 앉아 면허시험을 치르지 않았던들 나는 주말마다 고속도로로 나가 발길 닿는 대로 내가 가고 싶은 곳에 이르지는 못했을 것이다. 피곤한 아들 녀석 눈치나 보며 오늘은 코에 바람이라도 쐬어주지 않을까 홀로 궁상떠는 날들의 반복이었을 것이다. 그래도 용케 해봐야겠다, 해보고 싶다는 마음의 간절한 소망에 실천으로 응해주었기에 여든다섯 나이에도 내겐 핸들을 부여잡을 권리가 주어졌다.

도로에 나가보면 '아기가 타고 있어요' 혹은 'Baby in the car'라는 스티커를 붙이고 다니는 차들이 꽤 있다. 내 차에는 소중한 내 아기가 타고 있으니 뒤차가 알아서 피해가든지 조심해서 지나가라는 귀여운 경고다.

물론 내 눈에는 그게 꽤 아니꼽다. 왜냐하면 나는 여든다섯 먹은 운전자이기 때문이다. 그렇다고 내 차에 '노인네가 타고 있어요' 스티커를 붙일 생각은 없다. 매년 하락하고 있는 나의 인지능력과 감각을 불안정한 차선변경과 잦은 급브레이크로 드러내고 싶지도 않다. 그런 날이 오면 나는 스스로 핸들을 던질 것이다.

그러나 오늘만큼은 내가 핸들을 붙잡고 있는 짙게 선탠을 한 사륜 트럭에 누가 타고 있는지 아무도 모른다. 그걸로 만족할 수 있다.

청춘에게
나이는
숫자일 뿐

지금까지의 세상은 겸손이 처세의 첫걸음인 것처럼 말해왔다. 내
가 보기에는 그런 태도야말로 오히려 거만하다랄까, 불손에 가깝
다고 생각된다. 겸손을 핑계로 내겐 어떤 능력이 있고, 어느 정도
의 일을 할 수 있는 그릇인지 확인할 생각은 하지 않고 자기 멋대
로 이건 내가 할 수 없는 일이라고 단정 지은 다음 포기해버린다.
그리고 자기 눈에 안전해 보이는 길을 택한다.

　　이처럼 스스로를 가둬놓고는 인생이 한정되어 있다며 체념한
다. 그런 불만 뒤에서 안전한 일생을 도모하는 이기적인 자신은

철저히 감춘 채 말이다. 자신의 현재를 부정하며 앞으로 나아가려는 시도, 새로운 '나'가 되려는 도전은 상당한 위험이 따른다고 지레 겁을 먹고는 그렇게 살려는 용감한 자들까지 싸잡아 비난하고 훼방한다.

그래서 많은 사람이 위험을 회피하려고 갖은 노력을 다한다. 낯선 위험에 도전했다가 실패한 사람을 목격했거나, 사회의 전반적인 분위기가 웬만하면 함부로 도전하지 않는 게 신상에 좋다는 식으로 은근슬쩍 경고하고 있기 때문이다. 이런 상황에서 우리는 자신의 분수를 제일 먼저 알아차리고 그에 맞는 소극적 태도를 유지하는 데 최선을 다하게 되었다. 그리고는 남들 못잖게 성실히 일하고 질보다는 양으로 내가 하는 일에서 가치를 찾아내려고 애쓴다.

이 같은 풍조를 심화시키는 원동력은 첫째로 교육 시스템이다. 현대교육이 추구하는 개인의 인격 형성에서 첫째가는 조건은 신분적 제약의 최소화다. 학창시절에는 모두가 자유롭게 생각하고 자유롭게 행동한다. 그 속에서 각자 자기만의 인생을 꿈꾼다. 서구사회 이상으로 이 땅의 젊은이들은 방임에 근접한 자유를 누리고 있다. 학생이라서 아직 어리지 않느냐, 라는 이유로 특별한 제약 없이 놀고먹고 허송세월을 보낸다.

이러다 보니 인생의 참된 경험 혹은 내가 하고 싶은 공부를 찾게 되는 계기를 만날 수 없다. 당연히 공부를 해도 진짜 공부가 아니다. 앞으로 내 인생에서 필요한 배움이 무엇인지를 알아가기보다는 교실에서 펼쳐지는 수업 내용을 적당히 따라와 주는 학생이 기존 체제에서 환영받고 평가받는다.

인생에 관해서는 조금 있으면 졸업이고, 그때 가서 공부를 시작하면 된다고 생각한다. 그런데 사회에 나오면 인생을 공부할 기회는 학교에서보다 더욱 줄어든다. 직장에서 내가 앞으로 살아가야 할 방향을 공부하고 고민하는 것이 가능할까? 그럴 필요조차 느껴지지 않는다. 그저 회사의 사정에 하루빨리 익숙해지고 상사와 동료, 곧이어 후배라는 인간관계만 적절히 처리할 수 있으면 충분하다. 나는 누구이며, 무엇이 내게 삶의 보람을 안겨주는가 하는 따위의 인생 근본에 관한 질문을 일삼으면 조직 내에서 '또라이'로 낙인찍힌다. 회사는 일 년 365일 내내 바쁘다. 일은 늦게 끝나기 일쑤고 밤에 퇴근해서 집에 돌아오면 노곤한 몸을 누이기에 급급하다. 그러다가 결혼을 하게 되고, 아이가 태어나고, 남들과 똑같은 가정생활이 시작된다.

이쯤 되면 인생에 대한 고민은 사치가 된다. 나를 향한 고민을 포기하는 것이 양심적이라는 자책이 든다. 이런저런 철학서를 구해 형이상학적인 문제를 떠올려본들 생활에 보탬이 되는 것은 없다. 그 시간에 골프채라도 한 번 더 휘둘러 접대에 능숙해지는 편이 낫겠다라는 생각이 든다. 또다시 포기다. 그런 의미에서 꿈은 청춘의 특권이다.

청춘은 달력상의 연령과는 관계가 없다. 십대임에도 꿈이 없는 노인이 있고, 칠팔십에도 여전히 꿈을 꾸는 청춘이 있다.

육체의 나이에 상관없이 모든 청년의 마음속에서는 꿈이라는 불길이 솟구치고 있다. 문제는 개인의 꿈을 억압하고 가둬버리는 사회의 벽이 우리 사회 곳곳을 가로막고 있다는 점이다.

나는 입이 찢어지는 형벌을 받더라도 누군가에게 그만 포기하라고, 단념하라고 말하지 않을 작정이다.

그뿐만이 아니다. 청년이라면 자신의 꿈에 모든 에너지를 주입해야 한다고 말해주고 싶다. 용기를 내서 그 일에 뛰어들기만 하면 된다고 알려주고 싶다.

부모님 눈치나 보면서 취직자리를 구하고 안정된 생활을 택했다고 가정해보자. 그 삶이 자신의 인생이 될 수 있을까? "나는 살아 있다!"고 사람들 앞에서 당당하게 말할 수 있을까? 절대로 그렇지 않다. 그런 인생을 살아가면 스스로를 책임지고 싶은 기분이 생길까? 절대로 그렇지 않다. 아무리 수고해도 내가 주인공인 나만의 인생이 될 수는 없다.

내가 살아가는 길을 누구에게도 양보해서는 안 된다. 다른 건 몰라도 이 한 가지는 각오해야 한다.

어느 곳에도 속하지 않고 자유롭게 자신의 길을 선택하는 용기와 신념은 젊은이의 특권이다. 그러므로 결심한 자만이 청춘이다. 새로운 출발을 알리는 기회는 결심한 자에게만 주어진다.

꿈에 모든 것을 걸었다고 모두가 성공하는 것은 아니다. 어쩌면 그때 부모님 말씀대로 일자리나 구하는 건데, 하고 남은 생애를 후회하며 지내게 될지도 모른다.

하지만 실패했더라도 달라지는 것은 많지 않다. 실패를 두려워해서는 안 된다. 왜냐하면 세상 사람들 대부분이 성공하지 못했기 때문이다. 확률로 따지면 99퍼센트 이상이 자기 뜻대로 살지 못하고 있다. 남들 가는 대로 따라가거나 내 멋대로 허우적거려봐야 우리 미래는 99퍼센트가 실패자다. 그러니 지레 두려워할 필요가 없다.

도전했으나 실패한 사람과 도전조차 하지 않고 성공하지 못한 사람의 인생은 하늘과 땅 차이다. 도전한 실패자에겐 재도전이라는 새로운 빛이 기다리고 있지만, 도전을 피해 안전한 지하로 숨어든 자에게 빛은 영원히 닿지 않는 갈망이다. 안전한 지하생활에 어울리는 기술을 습득하며 덧없는 생애를 맞게 될 것이다.

그렇다면 인생에서 성공이란 대체 무엇일까? 돈도 아니고 명예도 아니다. 나의 꿈을 향해 도전해본 적이 있는가? 죽을 만큼 노력해본 적이 있는가? 그 질문에 대한 답이 나한테 있다면 그 인생은 성공이다.

가령 꿈을 이루지 못했다고 한들 최선을 다해 도전해봤다는 경험, 그 경험이 죽을 때까지 나를 따라다니며 스스로에 대한 자부심이 되어준다.

나이 칠십에 책을 써보겠다고 나서고, 도서관에서 밤이 늦도록 번역하는 나를 보며 친구들은 다 늙어빠진 나이에 이제 와서 뭐하는 짓이냐며 사람이 안 하던 짓을 하면 죽는다고 말했다. 외국이라면 모를까 젊은이들도 글 써서 책 내는 게 쉽지 않은 한국에서 늙은이가 통할 리 없다는 타박이었다. 그때마다 내 대답은 한결 같았다.

"밤새도록 글을 쓰다가 책상 앞에서 죽는다면 그보다 더 멋진 죽음이 어디 있겠나. 그렇게 될 때까지 더 열심히 해야겠네."

나는 지금도 그 시절의 결심대로 밀고나간다. 끝까지 위험한 길을 선택하며 죽으면 그만이라는 생각으로 살아왔다. 친구들의 충고대로 어디를 가나 환영받지 못했다. 나이가 장벽이 되어 더럽

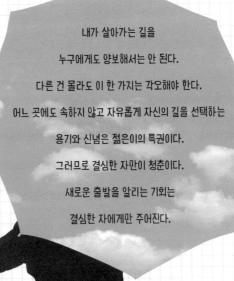

내가 살아가는 길을

누구에게도 양보해서는 안 된다.

다른 건 몰라도 이 한 가지는 각오해야 한다.

어느 곳에도 속하지 않고 자유롭게 자신의 길을 선택하는

용기와 신념은 젊은이의 특권이다.

그러므로 결심한 자만이 청춘이다.

새로운 출발을 알리는 기회는

결심한 자에게만 주어진다.

고 치사한 꼴도 많이 봤다. 하지만 내겐 그것이 삶의 보람이다. 사람들이 내게 베풀어주는 비극에 피를 흘리면서도 싱긋 웃어버릴 수 있다는 것, 누가 뭐래든 내가 가고 싶은 길을 걷고 있다는 것, 그것이 나의 자랑이다.

그래서일까. 외부에서 바라본 나는 혼자 잘난 척하는 늙은이, 젊은 척 흉내 내려는 푼수덩어리쯤으로 여겨질 때도 있는 모양인데, 사람들이 보지 못하는 곳에서 나의 투쟁은 어렵다, 힘들다, 라는 말로 설명될 수 있는 정도의 노력과 인내가 아니다. 그러나 나는 멈추지도 않고 포기하지도 않는다.

당연히 두려울 때도 있다. 그때마다 새롭게 결심한다. 좋아, 세상에서 가장 못된 늙은이가 돼보자. 그러면 힘이 솟는다.

먹을 게 없다면 먹지 않고 굶어죽겠다고 각오하는 것이다. 그게 '나'답게 살아가는 첫걸음이다. 이보다 더 재미난 인생은 없다.

그런데 사람들은 해보지도 않고서 못하겠다며 물러난다.

그러면서 속으로는 나는 먹고살기 위해 이런 일을 하고 있지만 다른 사람들은 나처럼 살지 않고 자신이 원하는 대로 살고 있을 거야, 라고 질투한다. 대부분은 보이지 않는 곳에서 마음의 충동과 미혹을 숨기고 산다.

그 충동과 후회가 못 견디겠다면 먹고살 길이 막막해지더라도 자신이 원하는 진짜 삶을 선택해야 한다. 어느 방향에서 가슴이 더 뜨거워지는가? 나를 뜨겁게 만드는 그 길로 움직이기만 하면 된다.

그 길은 위험할 것이다. 그래서 한편으로는 그쪽으로 갔다간 지금까지 쌓아온 평온한 일상이 무너지고 사회적으로 파멸하게 될 것만 같다, 가지 말자, 그냥 여기 남자, 라는 또 다른 모습의 정열이 나의 걸음을 멈추게 할 수도 있다.

솔직히 고민해보기를 권한다. 대체 인생에서 이것이냐, 저것이냐, 라는 선택의 갈림길에서 왜 한 길로 가지 못하고 방황하는 걸까? 그 일을 했다가는 먹고살 일이 막막하다. 그래서 많은 사람들이 원치 않는 길을, 직업을, 생활을 선택한다. 일정기간의 안정된 생활이 보장되어 있기 때문이다.

인간이 먹고사는 문제만을 고민하는 존재였다면 이렇듯 방황할 필요가 없다. 하지만 인간은 그런 존재가 아니다. 그래서 방황한다. 그 길은 분명히 위험하다. 그런데 가고 싶다. 정말 가고 싶은 길이다.

그렇다면 가는 수밖에 없다. 나를 예로 들자면 이것이냐, 저것이냐의 선택이 주어졌을 때 이왕이면 내 인생에 마이너스가 되는, 다시 말해 위험이 가중되는 길을 택한다. 인간은 생각보다 약하다. 그것을 알기 때문에 자신을 보호한다는 변명으로 도망친다. 머리로 계산하며 육체에 유리한 조건을 따진 후 이런저런 이유를 붙여 안전한 방향으로 나아가게 된다.

지금 하고 있는 일을 때려치우고 싶지만 달리 할 일이 없어서 고민하는 사람들이 많은 줄로 안다. 나를 위해 뭔가 다른 일을 해보고 싶지만 그 일은 미지의 길이며, 위험하기 때문에 주저하는 세월만 쌓인다. 그렇게 고민하는 동안 시간은 점점 더 줄어든다.

샐러리맨 대부분이 많든 적든 이런 고민을 안고 있을 것이다. 내심 다른 회사 혹은 다른 업종에서 일해보고 싶다는 희망이 있지만 선뜻 결심하지 못한다. 일신의 안전과 미래에 자신을 담보로 내놓았기 때문이다. 어쩔 수 없이 현재 생활을 인내하고 있는 사람들이 얼마나 많은지 모른다.

내가 입버릇처럼 하는 말이지만 혼자 고민해봐야 소용없다. 자신이 속으로 얼마나 많은 고민을 안고 있는지 누가 알아주는 것도 아니다. 발전이 없는 고민은 다람쥐 쳇바퀴 돌듯 끝나버린다. 결단해야 한다. 지금 다니는 회사를 그만두고 다른 일을 시작한다면 나의 미래는 어떻게 될까, 라고 고민할 바에야 일단 회사부터 그만두고 이제 뭘 해야 되나 고민하는 것이다. 어쨌든 나의 의지가 관철되었으므로 후자의 고민이 훨씬 생산적이다.

결과를 겁낼 필요는 없다. 상황이 악화되면 악화될수록 재미있게 되었다고 기대해본다. 운명은 언제나 자신의 생명을 내던진 자에게 문을 열어주는 법이다.

이 세상에 나라는 사람을 통과시키고 싶다면 몸을 던져 세상과 부딪쳐보는 길밖에 없다. 먼저 몸으로, 다음으로 마음을 밀고 나간다.

시작도 하기 전에 나는 분명히 실패할 거야, 라고 혼자 결정하고 혼자 체념하고 혼자 실망하는 것은 너무나 어리석은 짓이다. 인생이란 원래 벼랑 끝이다. 누군가에게 떠밀려 벼랑으로 떨어지느니 내 발로 뛰어내려 운명을 개척하는 편이 최소한 후회는 남지 않는다.

부딪쳐보기도 전에 단념해버렸다면 이미 누군가에게 등을 떠밀려 벼랑으로 떨어졌다는 뜻이다. 그의 안에 '그'가 남아 있지 않다는 증거일 뿐이다.

이왕지사

어려운 길을

택하라

인생을 살아오면서 늘 벼랑 끝에 서 있는 기분이었다. 힘든 일도 많았고 쓰러지고 싶을 때도 너무 많았다. 그 순간들을 견디며 아직까지 버텨온 것은 내게 주어진 시간은 오늘 하루뿐이라는 절박함이었다. 오늘 하루가 전부일 뿐, 두 번째 오늘은 없다고 생각했다. 오늘 하루가 나의 마지막인 것처럼 신중하게 노력했다.

나는 말띠다. 느낀 대로 움직이고 행동하면서 생각하는 스타일이다. 지금까지 살아오면서 결과를 생각하고 움직였던 역사가 없다. 저질러놓고 보니 나만의 길이 되었고, 남들이 흉내 낼 수 없는 나만의 인생이 되었다.

젊어서는 기자로, 은퇴 후에는 일서 번역과 작가로 늘 글과 함께 살아왔기 때문일 수도 있지만, 어떤 어려움에 부닥쳤을 때 주춤거리지 않고 그 순간 나 자신이 어디 있는지, 무엇을 할 수 있는지조차 잊어버리고 덤벼드는 것이야말로 최선의 선택이었다. 인생은 얼마나 빨리 행동하느냐로 행복과 불행이 결정된다.

오늘까지 살아오면서 직장도 숱하게 옮겼고, 잘리기도 여러 번이었으며, 은퇴 후에는 평생 모은 재산을 날리고 빈털터리가 되기도 했다. 애써 쓴 책이 팔리지 않아 곤경에 처한 적도 있고, 늙었다고 일감이 주어지지 않아 괴로웠던 적도 많다. 그럼에도 후회하지 않는다. 나는 내 인생의 유일한 주인이자 리더로서 고통스러워야 할 책임이 있다고 믿기 때문이다.

부디 자기 인생을 책임지는 리더라고 생각하며 인생을 살아가기 바란다. 자기 자신에 대한 사명감, 책임감을 갖고 최선을 다해 행동했을 때 만족할 만한 결과를 얻게 되고, 부끄럽지 않은 인생을 살 수 있게 된다.

내가 해줄 수 있는 말은, 세상은 결코 상식적으로 움직이지 않는다는 것이다. 상식적으로 움직이는 사람보다 비상식적으로 움직이는 사람이 승자가 된다. 어떤 일을 시작하고자 준비할 때

육감이 올 것이다. 그렇다면 망설여서는 안 된다. 바로 행동해야 한다. 상황을 비교하고 판단하느라 주춤거렸다가는 상식의 그림 자에 파묻혀버린다. 처음 생각을 놓쳐서는 안 된다. 처음 생각이 야말로 내가 가장 원하는 그것이다. 그 생각을 행동으로 옮길 용 기가 있다면 자연스레 나만의 길이 세상에 열린다.

우리가 사는 세상은 거대한 조직이다. 조직이기에 리더가 있 고, 리더가 시키는 대로 따라갈 수밖에 없는 구성원이 있다. 이왕 이면 리더의 위치에서 바라보려고 노력해야 한다. 리더의 위치에 서 바라보는 것은 리더로서의 발상으로 나를 움직인다는 뜻이다.

리더로서의 발상은 거창한 게 아니다. 고양이한테 쫓겨 구석 에 몰린 쥐가 되는 것이다. 이때 쥐의 머릿속엔 어떻게든 살아남 겠다는 일념뿐이다. 그래서 고양이에게 덤벼든다. 이것은 상식이 아니다. 그러므로 발상이다. 이때 나오는 아이디어가 리더로서의 발상이 된다.

그것을 시작으로 다음 행동에 나선다. 행동에는 열정이 필요 하다. 발상하고, 행동하고, 행동을 지속하려는 열정이 우리 삶의 전부다. 이를 실천에 옮긴 자들은 성공하고, 발상이 행동으로, 행 동이 열정으로 이어지지 못한 자들은 자기 삶을 스스로 망각해버 린다.

인생을 살다 보면 나를 지키는 게 최선인 것처럼 생각될 때가 있다. 산다는 게 너무 힘겨워서 이왕이면 내게 편리한 대로, 쉬운 길로 걸어가고 싶어질 때가 있다. 그러나 인생은 자신을 구석으로 몰아가는 쥐가 되지 않고서는 세상이라는 거대한 고양이 앞에서 자신을 지켜내지 못하게 된다.

때로는 길이 보이지 않을 것이다. 길이 없다고 포기하게 될 것이다. 그런 날에도 지금 내가 할 수 있는 일을, 할 수 있는 방법을 찾아내는 사람이 되어야 한다. 너무 멀리 내다볼 필요가 없다. 미래를 생각하지 않아도 된다. 오늘을 참고 버텨내는 내가 곧 미래임을 잊어서는 안 된다.

출발부터 강한 자들은 머잖아 나태해진다. 초반의 연승도 막판의 연패 앞에서는 빛이 바랜다. 지금 약한 나이기에 앞으로 강해질 수 있고, 어떻게든 이길 수 있는 나로 만들어야겠다는 의지가 빛을 발한다.

인생의 목적을 찾고 목표에 도달하는 최고의 방법은 나를 육성하는 데 있다. 내 안의 잠재력을 계발해야 한다.

인간은 자기가 가진 잠재 능력의 30퍼센트도 써보지 못한 채 죽는다고 한다. 스스로 자기 한계를 설정하고 그 속에서 만족했기 때문이다. 어느 정도 궤도에 오르면 사람들은 만족한다. 만족하는 순간 그곳이 나의 한계가 된다. 한계가 설정되면 그 다음부터 인생은 그 한계를 기준으로 더 이상 올라가려고 하지 않는다. 스스로 나는 여기까지다, 라고 한계를 설정해놓지 않는다면 본인의 한계는 얼마든지 넓힐 수 있다는 이야기다.

나는 젊었을 때 단 한 권의 책도 쓰지 못했다. 평생 작가가 꿈이었지만 이십대, 삼십대에는 한 권의 책도 쓰지 못했다. 내가 쓴 첫 번째 책은 2005년에 출간되었다. 그때 나는 일흔여섯 살이었다. 그로부터 십 년이 지났고, 나는 여덟 권의 책을 더 썼다.

우리는 너무 긴 시간 동안 자신을 만들어나간다. 최상의 상태가 되어 사회에 나가고, 입사원서를 쓰고, 준비했던 일에 뛰어들려고 한다. 그만큼 노력하는 것일 수도 있겠지만, 가슴에 손을 얹고 솔직히 고백하건대 자기만족이며, 타협이며, 책임전가이며, 변명이었을 때가 많다. 성장은 누군가에게 책임을 떠넘기지도, 변명하지도 않는다. 지금 당장 마음이 편해졌다면 내일 겪어야 될 고통과 좌절은 오늘의 두 배가 된다.

하고 싶은 일이 있어 살아가는 이에겐 인생에 대한 사명감이 있다. 반대로 살기 위해 일하려는 이에겐 수단으로서의 인생이 있을 뿐이다. 그들에겐 사명감이 없다. 내가 정말 하고 싶은 일, 내가 좋아하는 일을 하게 되었을 때 '김욱'이라는 개인은 없다. 나라는 개인이 사라졌기에 사람들은 나를 비난하게 된다. 나를 비난하는 누군가가 생겼다는 것은 내가 비난받을 수 있는 위치에 올라섰다는 칭찬으로 여겨야 한다. 그렇기 때문에 비난받더라도 이겨내야 한다. 비난을 이겨내는 힘은 지금의 내가 결코 그르지 않다는 자신감뿐이다. 자신감이 있는 사람은 불평하지 않는다. 내 능력이 부족하고, 주변 여건이 불리해지더라도 상황을 비난하고, 세상에 불평을 늘어놓는 데 쓸데없이 에너지를 낭비하지 않는다.

내 인생의 리더로서 나를 나답게 만들어나가는 것은 쉬운 일이 아니다. 부상과 위험을 생각한다면 강한 나를 만들지 못한다. 이래서 안 되고, 저래서 못한다면 그걸로 끝이다. 비록 지금은 맨 뒤로 처졌을지라도 올라갈 수 있는 길이 있다고 믿었을 때, 그 믿음이 열정으로 바뀐다.

세상은 열정을 가진 사람을 신뢰한다. 신뢰받는 이유는 열정이 결과를 가져오기 때문이다. 결과가 있어야 사람들이 나를 인정해준다. 다음 단계에 진입할 수 있다. 나 또한 다음 단계에서 또다시 고단하고 힘겨운 노력과 인내의 과정을 거치더라도 결과를 기대하며 필사적으로 버틸 수 있는 힘을 얻게 된다.

이기고 싶다는 열정, 살고 싶다는 욕망이 지금도 나를 새벽마다 깨운다. 책상에 앉아 누구 한 사람 알아주는 이 없어도 사전을 뒤적인다. 가족들은 이런 나를 걱정스러운 눈길로 바라본다. 나이가 나이인 만큼 몸을 생각하라고 걱정이 태산이다. 정작 본인은 자기 건강 따위에 의심도 두려움도 없다.

앞서 말한 대로 나는 십 년 전에 협심증을 앓았다. 내가 협심증을 앓았다는 것은 가족밖에 모른다. 십 년 동안 아무에게도 말하지 않았다. 하루에도 몇 번씩 숨을 쉴 수가 없었지만, 그래도 일했다. 일할 수 있는 시간이 얼마 없다는 생각이 들수록 더 열심히 일하고, 담배를 끊고, 운동을 했다. 그리고 십 년이 지난 현재, 내 심장은 오늘도 튼튼하게 뛰고 있다.

인생을 살다 보면 이런 일들을 자주 겪게 된다. 서운하게 생각해서는 안 된다. 좌절해서도 안 된다. 세상살이가 원래 힘들다. 살면 살수록 더 힘들어진다. 당연하게 받아들이는 수밖에 없다. 내 인생을 지켜주는 사람은 나뿐이다. 스스로 보호해야지 누군가를 의지해서는 안 된다. 실패한 나를 보며 위로의 말을 건네주는 친구와 지인들에게 나는 고마워하지 않았다. 동정과 위로는 필요 없다고 여겨서다. 나는 사람들의 위로로 나를 속이고 싶지 않았다. 눈앞의 이 비참한 현실을 직시하며 철저하게 받아들이고, 앞으로 어떻게 헤쳐나갈 것인지를 고민했다.

"이왕지사 어려운 길을 택하라."

쉬운 길은 사람을 게으르게 만든다. 고단한 길은 나를 성장시키고, 어려운 길은 나를 강하게 만들어준다. 인생에 정답이 있다면 그 답은 '어차피'가 아니다. '반드시'다. 반드시 나는 존재할 가치가 있는 사람이 될 것이고, 나에겐 반드시 해야 될 일이 있다. 그 믿음이 우리를 반드시 지켜줄 것이다.

때로는 길이 보이지 않을 것이다.

길이 없다고 포기하게 될 것이다.

그런 날에도 지금 내가 할 수 있는 일을,

할 수 있는 방법을 찾아내는 사람이 되어야 한다.

그날에는 길게 볼 필요가 없다.

미래를 생각하지 않아도 된다.

오늘을 참고 버텨내는 내가 곧 미래임을

잊어서는 안 된다.

겨울을 나지 않은

푸른 봄靑春은 없다

　내 꿈은 백 살하고도 열 살 더 살기다. 앞으로 이십오 년쯤 남았다. 은퇴는 아흔다섯 살 이후로 잡고 있다. 아흔다섯 살까지는 죽이 되든지 밥이 되든지 글이라는 걸 쓸 수 있는 체력과 정신을 유지하는 것이 현재 나의 목표다. 지금부터 십 년은 더 일해야 된다는 얘기인데, 일 년에 책을 한 권씩만 써도 열 권은 더 쓸 수 있다는 계산이 나온다. 그 생각만 해도 마음이 뿌듯하고 하루하루가 소중하다. 시간이 허투루 사라지는 것을 봐 넘기지 못하겠다. 이런 걸 두고 자아도취라고 하나 보다.

자아도취의 초기 증상은 열다섯 살에 처음 나타난 것으로 기억한다. 그해 담배를 배웠고, 아버지 몰래 맥주를 훔쳐 마셨으며, 톨스토이와 다자이 오사무를 처음 읽었다. 그리고 글을 쓰고 싶다는 꿈을 꾸게 되었다. 그 꿈은 육십 년이 지난 후에야 이루어졌다.

학교에서도 책 좀 읽고 글 좀 흉내 낸다는 소문이 퍼졌는지 어느 날 선생님이 나를 불러다가 작문대회에 보내셨다. 주제는 막 해방을 맞이한 기념으로 청소년들이 꿈꾸는 미래상 같은 것을 쓰는 것이었다. 나는 개인의 자유와 실천이 보장되지 않는 전 세계 정부와 체제를 비판하며, 이깟 세상에서 내 꿈이 실현될 리 없으므로 내가 선택할 수 있는 최후의 소망, 즉 죽음에 대한 미래만 꿈꾸고 싶다고 썼다. 결말인즉 이다음에 늙어 작금의 노인네들 같이 왜놈들에게 대거리조차 들이대지 못한 채 순응과 억압을 착각하는 날이 도래한다면 차라리 소주 한 병 입에 물고 봄날에 새싹이 파릇하게 순을 내미는 논두렁을 자리 삼아 술에 취해 죽고 싶다고 쓴 것이다.

학교에서는 난리가 났고, 어머니가 호출되었다. 정학인가를 먹었다. 나는 또 그게 자랑이 되어 괜히 어깨에 힘을 주고 다녔다. 시도 쓰고, 소설도 쓰는 선배들이 나를 문학 동아리에 가입시켰다. 거기서 나랑 비슷한 친구들을 만나 요즘은 참 듣기 힘든 말이지만 '문학청년'이 되었다.

겉멋 같은 것이었다. 요새 아이들이 춤추고 노래 부르는 아이돌 가수를 선망하듯 그 시절엔 젊은 시인, 소설가가 아이돌이었다. 그들이 입고 다니는 코트와 포마드를 잔뜩 발라 세운 머리와 에나멜 구두가 한없이 부러웠다. 나한테 재능이 있고 없고는 확인할 길이 없었다. '좋아한다'는 마음 하나만 내가 알고 있는 전부였다.

"나한테 어떤 재능이 있는지 모르겠어요. 특별히 공부를 잘하는 것도 아니고 그냥 '보통'이에요. 샐러리맨이라고 하면 너무 흔한 직업 같아서 마음에 안 들지만 그래도 먹고 살려면 돈을 벌어야 하고, 돈을 많이 벌려면 변호사나 의사처럼 '사'자 들어가는 직업을 가져야 한다고 생각할 때도 있긴 한데, 그런 일이 하고 싶으냐고 물어본다면 역시 잘 모르겠어요."

열다섯 살의 한 소년이 텔레비전에 나와서 했던 말이다. 그리고 지금의 내가 나 자신한테 수없이 되묻고 있는 말이기도 하다. 아마도 사람이 인생을 살면서 스스로에게 가장 자주 하는 질문은 이런 것일 테다.

"나는 무엇을 할 수 있고, 무엇을 해야 하는가?"

그 해답을 우리는 재능에서 찾으려고 한다.

저 사람에겐 그 일을 할 수 있는 재능이 있고 저 사람에겐 그럴만한 재능이 없다, 라고들 말한다. 꽤 오랫동안 살아보니까 이 말이 틀렸다는 것을 알게 되었다.

명색이 글쟁이이므로 문장을 예로 들어보겠다. 좋은 글을 쓰기 위해서는 재능과 자질 혹은 감각이 어떻다느니 하면서 이것저것 따지는 사람들이 많다. 이런 여러 가지 요소들을 무시할 수는 없겠지만 어디까지나 2차적인 조건에 불과하다. 재능은 내가 하고 싶어 하는 일에서 그렇게 대단한 걸림돌은 아니다. 중요한 건 '손'이다. 쉬지 않고 손을 움직였는가, 아니면 남들만큼 대충 움직였는가, 거기서 차이가 난다. 글을 쓰는 데에만 한정된 이야기가 아니라 세상의 모든 분야에서도 마찬가지다. 모두에게 똑같이 적용되는 가치관이다.

재능을 한마디로 정의하자면 '손'이다. 얼마나 부지런히 손을 움직였는가가 재능의 차이를 만든다.

분야를 막론하고 어떤 일을 직업으로 선택해 뛰어들었을 때 누구보다 부지런히 손을 움직였다면 필히 그 분야에서 자기만의 영역을 구축할 수 있게 된다. 꿈꿔온 대로 그 일을 할 수 있게 된다. 전문가로 불리는 사람과 그렇지 않은 사람의 갈림길이 여기다.

저 사람에겐 재능이 있지만 나에겐 재능이 없다……. 말도 안 되는 소리다. 이 세상에 재능 같은 건 없다고 생각하는 편이 낫다.

재능을 타고난 사람들은 단지 나보다 더 부지런히 손을 움직였을 뿐이다. 부지런히 손을 움직일 수 있다면 누구나 자기 분야에서 성공하게 된다. 그렇게 몇 년을 노력하다 보면 어느 순간부터는 손이 저절로 움직이는 때가 온다. 여기서 더 발전하면 손이 기억하고 있는 대로 움직이는 데서 한 발 더 나아가 스스로 납득할 수 있는, 혹은 인정하고 자랑할 수 있는 움직임을 찾아내게 된다.

현대사회는 스마트한 시대여서 '양'보다 '질'이라고들 말하는데, 나는 동의하지 못하겠다. 인생은 '질'보다 '양'을 만족시켰을 때 비로소 소망하는 것이 이루어지는 구조다. 나는 지금까지 그렇게 믿고 살아왔으며, 앞으로도 그 믿음 외에는 인정하지 않을 생각이다. 내 인생이 그와 같았기 때문이다.

그렇다면 얼마나 오랫동안 손을 움직여야 되는 걸까?

최소한 십 년이다. 십 년이라는 세월을 이겨내면 한 사람 몫을 하게 된다. 십 년간 열심히 했음에도 뜻한 바가 이루어지지 않는다면 내 목이라도 내놓겠다.

내 첫 번째 책은 십 년 전에 나왔다. 그때 나는 일흔여섯 나이였고, 완전히 무명이었다. 지금도 그다지 유명하지는 않지만, 십 년간 포기하지 않고 글을 써왔더니 신문에도 내 얼굴이 나오고, 어쨌든 내 글을 읽어주는 사람들이 늘어났다. 내가 쓰고 싶은 책을 써서 세상에 내놓을 기회가 원하는 만큼 주어진다. 작가로서 성공한 것이다.

저 사람에겐 재능이 있고, 내겐 재능이 없다……. 난 절대로 그런 차이를 인정할 수 없다. 왜냐하면 새빨간 거짓말이니까. 재능 때문이 아니라 그만한 일을 해내기 위해 지금껏 부지런히 손을 움직여왔기에 할 수 있게 된 것뿐이다. 재능은 차이를 만들어내지 못한다. 기껏해야 처음 시작했을 때부터 이삼 년이 고작이다. 십 년쯤 지나면 재능은 아무것도 방해하지 못한다.

결국은 사람의 손이다. 손은 모든 걸 알고 있고 모든 것을 할 수 있다. 처음 이삼 년은 발전도 더디고 실력도 늘지 않는 것처럼 보이지만, 십 년을 노력하면 그 후에는 노하우랄까, 그만이 할 수 있는 표현이라는 게 반드시 만들어지는 법이다.

내가 뭘 할 수 있고, 뭘 하고 싶은지 모르겠다는 열다섯 살 소년에게 나는 "너의 손을 믿으라"고 말해주고 싶다. 네 손은 뭐든 할 수 있으며, 무엇이든 될 수 있다고 말해주고 싶다. 무엇이든 만들 수 있고, 무엇이든 가질 수 있으며, 무엇이든 이룰 수 있다고 말해주고 싶다.

서툴지만 아름다운 청년들에게 응원과 격려의 메시지를 전한다

친애하는 청춘에게

초판 1쇄 인쇄 2014년 11월 7일
초판 1쇄 발행 2014년 11월 14일

지은이 김욱
펴낸이 이범상
펴낸곳 (주)비전비엔피 · 비전코리아

기획 편집 이경원 박월 윤자영 강찬양
디자인 김혜림 김경년 손은이
마케팅 한상철 이재필 김희정 오유정
전자책 김성화 김소연
관리 박석형 이다정

주소 121-894 서울특별시 마포구 잔다리로7길 12 (서교동)
전화 02)338-2411 | **팩스** 02)338-2413
홈페이지 www.visionbp.co.kr
이메일 visioncorea@naver.com
원고투고 editor@visionbp.co.kr

등록번호 제313-2005-224호

ISBN 978-89-6322-072-7 03810

· 값은 뒤표지에 있습니다.
· 잘못된 책은 구입하신 서점에서 바꿔드립니다.

「이 도서의 국립중앙도서관 출판시도서목록(CIP)은 서지정보유통지원시스템 홈페이지(http://seoji.nl.go.kr)와
국가자료공동목록시스템(http://www.nl.go.kr/kolisnet)에서 이용하실 수 있습니다.(CIP제어번호: CIP2014030699)」

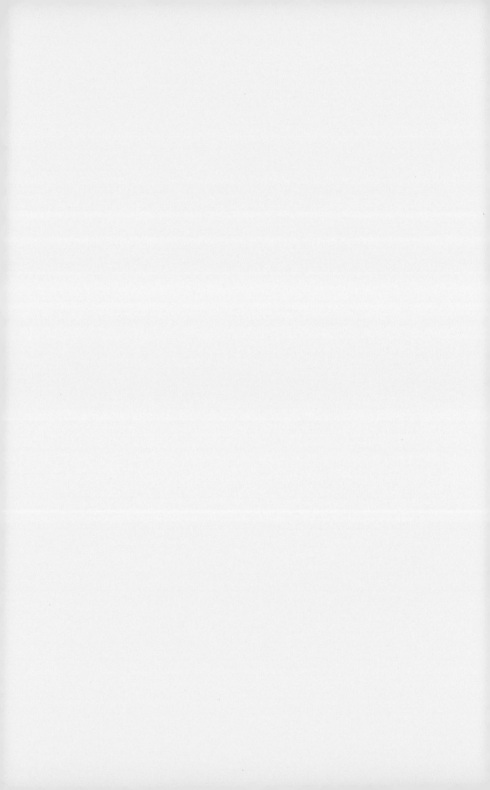